王璜生随笔之二

自我的平行诗意

王璜生 著

广西师范大学出版社
·桂林·

代序

远方与河

"远方"是带着回忆的过去,也是带着想象的未来。"远方"带着记忆,带着曾经的岁月与情感;"远方"向着未知,向着渴望与预想,向着遥远的蓝天。

"河"是一种流,流自过去,流经现在,也流向未来。"河"是一种永远的流淌,时而激湍涌动,时而汹涌澎湃,时而汩汩自在。它,流向大海,汇入大洋。

人生何尝不是这样，艺术与文字也大致如此。

因此，围绕着"远方与河"，展开了我的艺术与写作之路，形成我人生的路径。从我的出生地和学画之初的韩江开始，流向我人生转折处的珠江，又流入我走向北方远处的后海与湾流汇，再流向远方。记得青年时期，每天中午只身游渡韩江的出海口，在那2000多米、潮涨潮落的礐石海湾来回，自由自在享受海浪、阳光，或经历狂风暴雨。后来到了北京，也记得有人规劝我说后海水很深，要多留意，然而我很自信自己的水性。其实，我就是在这样的河海之间游过来的，因此，对"河"，对"河的远方"，有很感性的认知与切身体验。

因为这里曾有谏迎佛骨、驱逐恶鳄的文人韩愈，所以潮汕的山姓"韩"，江也姓"韩"。我生于韩江边，喝着韩江水成长，在韩江中流击楫，骨子里还是希望能有文人的风骨情怀。

韩江川流不息，岁月跌宕起伏，我长大了，开始远行。

从韩江边的老宅，到江南的庭院园林，我读到了其中的文心与历史，读懂了其中的情怀与哲理。中国传统文化"天人合一""内外融通"的哲学精神无不体现在建筑园林的空间观中。我曾作诗《天地悠然图》：日月随盈昃，天人自在论；凭栏心邈远，宇宙小乾坤。

从韩江到珠江，这是我人生的一大转折。当年（1984年），我从韩江边出发，骑自行车珠江溯源，行程3000多公里，一路写生、写作、拍摄，磨炼了自己，也走向了独立之路。1990年，我定居珠江边的广州，画画、编辑、策展，走上了探索文化与坚守精神的美术馆之路。

于是，在珠江边就有了关于骑行、磨炼、探索、坚守的种种生命记忆与情感故事。

北京没有大江流经，却有大大小小的"海"，北海、中南海、后海、前海等。北京城区那土红色高高城墙边的后海，也成了我2009年移居北京之后放松休闲的绝佳去处，那里有咖啡、啤酒以及聊不完的话题。

其实，每个人心中都有自己的后海，在那里，有风花，有星辰，有雪有月，有酒有茶，在忙碌喧闹的一天之后，后海的夜一片宁静。

在北京的北郊，河道纵横，我在一个叫作"湾流汇"的地方，搭建了自己的工作室，也开始做东汇西流的艺术实验工作，于是就有了《游·

象》《痕·象》《箴象》《空象》以及《墙》等系列纸上水墨作品，又有了《界》《隔空》《缠》《溢光》《谈话》《述影》《呼/吸》等空间装置/影像作品。2020年三四月的新冠疫情期间，在空无一人的北郊河道边，我尝试着将绘画创作与多种艺术表现媒介及手法综合交叉，构成作品、视觉、心理、空间、时间等之间新的关系及多种新的可能性，于是有了《风之痕》影像作品。

对生命的感怀及关注一直是我艺术创作关心的主题，生命面对历史、面对社会、面对人与人之间的关系，也面对各种各样无法预料的病与毒，等等。生命也许很脆弱，很无奈、无辜，但生命同时很轻盈、自在，也很美丽。我喜欢将这样像风一样的生命之"痕"记录下来，可能是痕迹，可能是伤痕，也可能是种种的记忆之痕。风吹过，留下微微的痕，也带走曾经的痕。

人生之于时间是一种穿越，生命之于空间也是一种穿越，而人在现实世界中的行为与存在，更是一种穿越，穿越无尽的荆棘，向着邈远绚烂的未来世界。我尝试运用新媒介技术，引发新的视觉感知与思考。

于是，就有了我与"河"、我与"远方"的故事，也有了这样一种"自我的平行诗意"。

2022 年 10 月于广州

目录

003 「家乡」与天后庙

014 小小少年与白山羊

020 初中时期画彩蛋

028 爱绿草堂的童年——玩具、小动物与纸上种种

032 那些「蓝色」的日子与「彩色」的酸甜

036 金色岁月——记爸爸妈妈

043 怀念父亲：一种透明的力量和境界

047 种玉种玉

052 关于爷爷及其他的「拼图」

063 南疆考察笔记数则

095 西域二题

105 西海观晚霞记

235　毕业是一种新的开始
239　那些年，二沙岛的那点事
250　错过，也许留出了另外的空间
258　有点「雄心」的金金
265　谛听心声：我画《天地悠然》
269　小小庭院
272　画室杂怀
282　「酒与人生」杂题
293　一个「小城文青」的路与思
303　——写在《王璜生·珠江溯源记1984》书前书后
　　　再溯源：追寻记忆的叠影
331　后记

109	阳山的傍晚
118	在澳大利亚的腹地
133	爱丁堡看戏剧
150	伦敦工作日记两则
160	从那不勒斯到西西里岛
179	巴黎的一天：拜访赵无极先生及其他
185	我与雷德侯教授的两次交往
191	缘分：我与广东画院
202	工作中的写作
207	不负期望，坚守并努力
215	记忆的倒影：碌碌『而为』
219	呼／吸：危机警钟
227	南艺时光

「家乡」与天后庙

我在城市出生、在城市长大。于我而言,"家乡"其实是一个很遥远、很书本化的词语和概念。

我从小就不知道自己的家乡在什么地方,那里有什么,也从来没有要回家乡看看的念头。只是在经济困难时期,或偶尔的小学寒暑假期间,我被乡下来的亲戚带到他们乡下的家。

记得很小的时候,我到过表哥"蟹仔哥"

家里，他是我早逝小姑的小孩，比我大很多。乡村的地上到处是软绵绵的鹅屎，我很怕踩到，更怕的是大鹅公见到小个子的我就冲过来，狠狠地咬上我一口。它甚至会歪着头"嘎、嘎、嘎"大声地叫着、追赶着我，可能它怕我去打扰和欺负它的"妻儿老小"吧。被鹅咬是那种钝钝的痛，一咬一拧，不见得会鲜血淋漓，但留下的淤青血印却清晰可见。既疼又怕的恐惧，让我见鹅掉头就跑，但是有时也会不小心摔倒在软绵绵的鹅屎地上。

印象太深！只记得，当时好怕，大喊着今后再不来乡下了。但这只是小时候我对乡村生活的点滴感受和记忆，这里并不是我的家乡。

到了1970年的夏天，有一天，母亲对我们说，我们全家要被遣送回家乡接受劳动教育，并且，可能是一辈子要在家乡度过。

这时，"家乡"的概念冒了出来，而且跟"遣送""教育""一辈子"生硬地联系在一起，透出一股沉重的、命定般的气息。

父亲从"牛栏"回来，为了让我们有些思想准备，简单地告诉了我们一些有关家乡的事。

父亲于1911年1月在广东揭阳炮台镇塘边村出生，祖上多是读书人，多以教书为业，建有"仰韩书屋""爱绿堂"等书斋，居住地被人们称为"书斋围"。在以宗族人丁兴旺为荣的潮汕农村，我祖上这一脉人丁不多，因此常常会被歧视。塘边村常有"拖竹竿"（以拖竹竿的响声为集体行动的信号，将大家聚集在一起去打架或械斗）的村民，在弱肉强食的生存法则面前，读书、教书实在算不了什么优势，加之人丁少，所以"书斋围"在塘边村里一直是被欺负的。

祖父王秀山公是行医的。在乡间行医极为辛苦，即便是酷暑时节，祖父也要跑好几个乡村去给人看病，甚至还会碰上霍乱。晚上回到家，祖父又热又累，又渴又饿，疲惫不堪，有时累得连饭也吃不下去。这样的情景父亲从小就经常看到，心里十分难受。后来，祖父教父亲学医，要他继承这一职业，父亲不太愿意，提出学画画，祖父同意了。

父亲早期师从潮汕名家孙裴谷先生，于1934年到1935年，先到上海新华艺术专科学校学习，随后转入上海美术专科学校（以下简称"上海美专"）学习。毕业后原想留在上海美专任教，但祖父执意要父亲回乡。回家乡后的父亲，在居所附近的学校及潮汕地区的一些中学做教师。

抗日战争和后来的国内战争中，父亲也曾热血沸腾，于国于民做了一些遵循良心的事情，曾经冒着公告杀头的危险掩护了一位共产党员朋友。也有劫富济贫的游击队员半夜跑到父亲家，掏出一把钱让当年十来岁的二哥去买些花生米和酒，游击队员和父亲在家里痛快地喝了一场。

父亲平时以教书、画画为主业，1947年到1948年期间，在东南亚一带举办过多次画展，这为父亲除教书所得薪资之外带来了一笔笔可观的收入。当时，国民党的金圆券不断大幅度贬值，这些钱寄到家乡我的"前妈"处，她在亲戚们的鼓动下，赶紧买下了一些粮食。随即，新中国成立，拥有这么多粮食的家庭，自然被划分到"地主"一类的阶级。

地主在当时是阶级专政对象。我父亲也位列其中。之后，居于家乡的"前妈"首当其冲，在家乡受到了严厉的斗争，家产（包括大大小小的租屋）相继被没收，"前妈"经受不了这样的刺激，很快便生病离世了。

祖屋没有了，亲人没有了，家乡和家乡人也对我们另眼相待了。当时的政治气候、阶级意识、斗争观念变得严重了，父亲便再不回家乡，甚至连家乡也不愿提及了。于我而言，家乡的概念就更模糊了。

现在，我们要回家乡了，回到那载负着父亲许多悲伤记忆和不堪回首的家乡。而且，可能要待一辈子。

家乡人多地少，粮食不够分，也曾发生过很多辛酸事。那个年代，农民家里一般只能煮稀饭，而且要放很多很多水，煮得很稀很稀，几乎看不到米粒。为了充饥，有时在这样的稀饭里会加少量的番薯丝，村民们管这叫"胡蜞赶水蚊"。

鉴于当时的条件，家乡人并不欢迎我们，后来在当地政府多番协调之后，村里才勉强接纳我们。

我们被安排到村子外面的一个破庙住下。破庙原来的名字叫天后庙，父亲曾经听过一些传说，据说从前天后庙是很神的，家乡的很多人都夜里见到过天后庙的"神明老爷出巡"，就是见到一团神火从村外的天后庙上升起，飘游到远处，然后消失。有时候又看到它飘回来。

解放后，天后庙被砸的砸，拆的拆，"大跃进"时期还将这里改成了养猪场。现在不成模样的天后庙里,地面中间还留有两条冲洗猪屎的排水沟。此外,天后庙墙上还留有一堵浮雕,泥塑的是一只冲下山的老虎,泥塑老虎已经有些破损了。传闻,是一位在这里养猪守夜的壮汉,半夜梦见与老虎打斗,将墙上的泥塑老虎打烂了。但之后不久,他疯掉了。

类似与天后庙相关的传说还有许多,而当时的我们,要与那样残破的庙和神乎其神的传说做伴过日子了。

我们只能住天后庙的一半,前半部分堆放着很多杂物,其中还放着一根长长的"棺材杆",村里有人死了,要出山,就到这里取出这根棺材杆,穿在绑好的棺材上,由四个人扛着上山。完事后,又将它放回来。我那时才14岁,胆子又小,每天进进出出,特别是晚上总是忍不住往天后庙那角落盯上一眼,然后迅速逃离。(图1)

天后庙已很长时间没有人住过,我们搬进去时,这里的蚊子实在是太"开心"了,疯狂地"迎接"我们的到来。第一个晚上,我们几乎是在与饥饿的蚊子作战中度过的。住久后,好像蚊子也不那么饿了,我们也有了各种各样的防范措施,彼此习惯后,也就能和平相处。

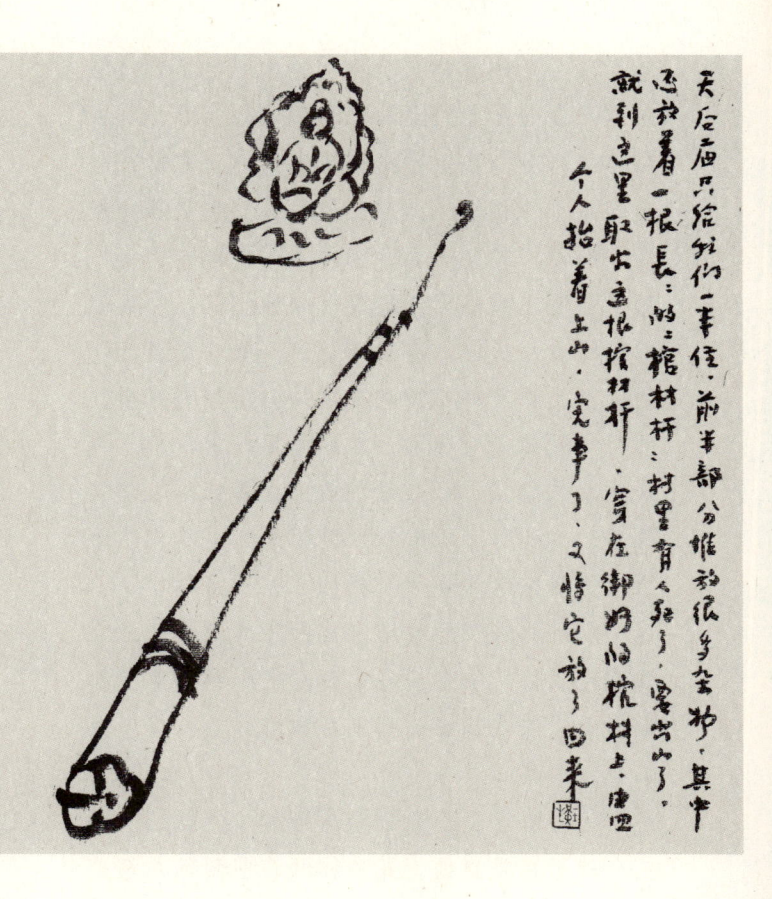

图1 天后庙的"棺材杆"

天后庙只给我们一半住，前半部分堆放很多杂物，其中还放着一根长长的"棺材杆"。村里有人死了，要出山了，就到这里取出这根棺材杆，穿在绑好的棺材上，由四个人抬着上山，完事了，又将它放了回来。

天后庙的后门有个小小的水泥地平台，通往这平台的是专门开的一个低矮的小门，过去当养猪场时，是供猪出去活动用的。我们在平台上堆了一些泥土，种上了番茄、辣椒等，还买来茼蒿、芥蓝、白菜等种子，撒种在这小小的平台上。我每天钻出这低矮的小门，去观察它们的生长状况，每次收获了，更觉得自己种的东西又鲜又香，特别是番茄，不等它完全红的时候就要先摘下来，放到家里的米缸中，两天后就熟透了，红红透透的，生着吃，又甜又有嚼劲，还有一种田野里的阳光味，这成了庙里日子不常有的趣味时刻。

刚回到家乡，我们没能赶上九月份的开学。姐姐比我大一岁多，我们都是刚小学毕业，如果就此没法上初中，那以后该怎么办？父母很焦虑，很痛心。

父亲决定自己教我们画画和古代画论。我从小就开始学画画，并参加过许多国际儿童画展，还得到过学校的嘉奖，在小学曾风光一时。那是小学一年级，我参加在芬兰举办的国际儿童画展获了奖，学校在大会上奖给我一本毛主席《在延安文艺座谈会上的讲话》，老师还写了几句鼓励我好好学习，要戒骄戒躁之类的话语。但一年级不太懂事的我，居然自作主张将鼓励的话勾画掉了。父母知道后，狠狠地骂了我一通。

我在汕头小学读书期间，从没有真正学过古文和背过古诗，更不用说学古代画论了。但在天后庙的这个阶段，我们在昏暗的油灯下，一字一句地学起了中国古代画论。这也许是命运的安排，我在十六年之后的1987年，考上了南京艺术学院的硕士研究生，读的就是中国古代画论专业，这也是改变了我生命和事业轨迹方向的转折点。

在家乡的日子，父亲主要负责看护和管理山林。这份工作相比其他劳作算是比较轻松的，可能家乡人看到父亲是书生且已六十出头，所以有意安排的。他们给父亲一根被用得磨去三分之二的锄头，这样巡林走起来比较省力。晚上，父亲总会在油灯下画画，并要求我们站在画桌前认真学习。

磨墨，首先成为我们学画的日课。我最怕父亲画大笔大墨的兰竹，那时没有现成的墨汁，画画之前总要磨墨。磨墨是一件特费时也特单调的事，要是父亲画墨兰、墨竹，那需要的墨就更多了，碰上天气冷，墨很难发出来，那磨墨花费的工夫就更大。因此,我从小磨墨时,就不断地想象和琢磨着制造一台"磨墨机",还想着如何解决动力和压力的问题,等等。我还付诸行动,买了小马达,装配皮带、架子、夹子等,但效果没有想象的好,还不如自己用手磨来得方便。父亲经常开导我们,磨墨是一个调整心态、进行创作构思,甚至修心养性的重要过程。

父亲教我们画画时,偶尔谈一些很严谨的绘画之道,如"作画秘诀是要掌握平、圆、留、重、变。平,如锥画沙;圆,如折钗股;留,如屋漏痕;重,如高山坠石;变,则随机应变"等。父亲的绘画理论深受黄宾虹先生的影响,他在上海美专读书时,黄宾虹先生就教他们绘画理论和书法篆刻,他也一直对黄先生很敬重。而另一方面,父亲也给我们讲很具体的画画技巧,像"如何落笔收笔""如何渲染""要注重画的对象的物态"等。父亲作画时,非常安静,可以给我们留出自己好好去领会的空间。画画之余,他还将人生之道掺进其中。这种教学方式和让我们通过磨墨以明白修身养性、澄怀观道一样,潜移默化中,我们受益无穷。

这样,我们在天后庙住了一整年。父亲在

这期间，创作了两幅长卷，先是根据画册，临仿了宋代画家赵伯驹的《江山秋色图卷》，临完后觉得意犹未尽，又在图卷的前后补了一些创作的景色，还题了很长的跋。之后，又创作了《四时景色图卷》。这两件作品都可以算是工笔重彩。尤其是《四时景色图卷》，更可以说是父亲这一阶段的代表性作品，后来我们将这些画都捐献给了广东美术馆收藏。

在父亲这两件作品的创作过程中，我们不仅较完整、全面地学到了山水画的构思、构图、构境、用笔、渲染、色彩等作画要领，而且更体会到在如此艰辛恶劣的环境下，父亲的超然、安详，以及以画画为生命乐事的人生境界。

一年后，村委会要我们自己找住所。有位表哥将他村里的一间小房子借给我们全家居住，房子实在太小，我被父母安排到边上一个破旧荒弃了的小房间里睡觉和学习。幸好，小房间里还有一只白山羊与我做伴。

两年多后，我们才回城。

2009 年 1 月 30 日

小小少年与白山羊

我曾一度庆幸,少年时期回到故乡,在乡间生活中感受到不少的酸甜苦辣。现在回想起来,依旧回味那说不清道不明的少年往事。

少年、乡村、田间、芒果树、橄榄林、稻花、二胡、池塘、月色、山沟、山坳,这一切都能联系在一起,而将这一切串联起来的是我心爱的白山羊。

那时,我养了一只白色的母山羊,因为是

雌性，后来就不止一只了，我至少三次充当过接生婆——少年山羊接生婆。

  我已记不清楚最初是基于什么想法，也不清楚从哪里弄来这样一只白山羊带在身边喂养，只记得在天后庙住的时候就有这只羊了。天后庙由两栋建筑物组成，中间有一条不到八十公分的小巷，我用一些木头、防雨布等给白山羊搭起了一个小小的住所。冬天的时候，在地上多铺些草，还要挂一些挡风的布帘等，有时候半夜太冷，羊会"咩咩咩"地叫，我很心疼，会偷偷地将它带进房子来睡，下雨天最麻烦，白山羊的那个小住所漏雨，雨一下，地上是湿的，像黑豆的羊屎就被泡得大大的，又软又臭，打扫起来挺麻烦的。每当我打扫羊舍时，白山羊总是眯着小眼睛看着我，有时还来踩我的扫把，不知是想帮忙还是捣乱。

  我最开心的时候是每天下午放学后，牵着白山羊到家附近狮山的山坑、田垄放牧，白山羊开心地吃它的草，专挑那些绿的、嫩的吃，吃得差不多了，就乱跳乱跑一通，而我，提着篮子，拿着镰刀，割点草带回家，夜里给它补充补充。草割得差不多后，我也会乱跑一通，学鸟叫、学虫叫，也学羊叫，有时还学人叫——

放声大歌。田野、山沟很安静，只能听到自己的回声。有时也会碰到蛇，有一回，一条蛇还从我小腿上溜过去。我从小就很怕蛇，村里的亲戚讲，有羊就不用怕了，因为羊吃百草，蛇怕它。我在山上放羊的时候从没被蛇咬过，反而有一次在天后庙门口的池塘里游泳时被一条水蛇咬了一口，水蛇没毒，不过它咬了人之后会将小小的牙齿留在你的肉里，你要忍痛赶紧将小牙齿挤出来。（图2）

傍晚来临，夕阳西下，晚霞满天，踏着深深浅浅的农家田埂回家了。白山羊有时候很贪吃，一路上见到好吃的草，它还要停下来多啃几口，有时我要硬拉着它走。有时候路上经过一些菜地，它会拼命想冲过去吃几口菜叶，这可是人家的自留地，可不能给它吃，这时，要与白山羊比拼力气了，死命顶住它、拉住它。

其实，最考验人也最有趣的是白山羊的生育问题。山羊是动物，动物有各种各样的生理周期与诉求，白山羊这些诉求所引发的各种不适，都需要我来领会与解决。

首先是青春期的躁动问题，白山羊有段时间会不太想吃东西，眼神也不太对劲，还会无缘无故地"咩咩"大叫。老人家对我说，这

图 2 放学后放羊割草去

最开心的时间是每天下午放学后,牵着白山羊到狮山的前山后山"放羊",白山羊开心吃它的草,而我,提着篮子,拿着镰刀,割点、拔点草,回来夜里给它补充补充。

是羊在发情,要给它找对象。那该怎么办呢?家乡几乎没有别的人养羊,去哪里给它找对象呢?亲戚说,几里路外的曲溪有专业的"羊哥",可以请它来,也可以带白山羊去找它。表哥带着我、牵着白山羊去找"羊哥",先与"羊哥"的主人谈好价钱,约好地点,大概是在公路边的一块田地上,"羊哥"见了"羊妹",双方都热情起来,并没有什么羞涩感就履行了配种的交易。还真神,一配就有种了。白山羊回到家,也就安静了,肚子很快就圆了起来。

记得有一天夜里,天很黑很冷,那时我住在那个破落荒弃的小屋,屋子门口有个小天井,我自己搭了一个小羊舍给白山羊住。这天晚上,白山羊叫个不停。我摸黑起来,披上衣服,走到羊舍,吓了一跳,白山羊的尾巴处都是血,而且鼓得大大的。慢慢地,挤出了一团带血的肉,而且带血的肉越来越大,直到整团肉掉到地上了。白山羊缓过神来,转身仔细地舔着地上带血的大肉团,舔着舔着,一个羊头模样的东西露出来了,是一只小羊。白山羊将小羊身上黏糊糊的血和胎液舔干净,并拼命地咬断连接在小羊身上的胎带。隔了一会儿,瘫在地上黏着血和胎液的小羊,拼命地晃动着想站起来，刚站起来，晃两下就倒下去，再晃动着硬挺着起来，又倒下去……如此反复几次，小羊终于站起来并稳住，四只长长细细的腿撑得开开的，站稳了。白山羊不停地舔着它的毛，身上的毛也渐渐地干了，一只毛茸茸的小羊露出来了，好可爱啊！小羊也很坚强，想想，一个肉团落地一个多小时，就变成了一只像模像样的小羊，开始走动，开始找羊妈妈吃奶，生命力真是顽强！

　　白山羊妈妈终于可以休息一会儿了。过了一会儿，它才回过神来照顾自己，舔干自己身上的血迹，再喝点水，吃点青草，还坚持站着给小羊吃奶，吃完了，它才坐下休息，眯着眼睛，口里不时地反刍着。小羊安静地躺下，将头靠在妈妈身上，甜蜜地入睡了。

　　我至少经历了三次这样的过程。那黏糊糊的小羊晃晃地站起来，挺住，站稳了，这样的情景让我印象特别深刻！

2009 年 2 月 3 日

初中时期画彩蛋

　　李照东兄赠我一册附有他个人传记的画集，其中文字多谈到当年画彩蛋的事，勾起了我不少的回忆。

　　1970年我小学毕业，紧接着就随父母回到家乡揭阳县炮台公社塘边村务农。受当时政治环境的影响，我作为"黑五类"的小孩，是不能继续上学的。不过1971年我收到了村革委会的通知，可以到塘边中学念初中了。

我努力地读书。我对文科有着天然的兴趣，而对理科，特别是以前没有接触过的物理和化学，我的兴趣就更浓。每次上课，感觉就像打开了一个新天地，从中可以学到很多意想不到的新知识。因为充满了兴趣，我学习得特别认真，成绩也一直在全年级的前三，初二全年数学平均分一百分。在我这一届班里，还有两个同样是"黑五类"的大龄同学，一个叫王少辉，一个叫王南屏，我们三个都有相同相近的背景和经历，大家都特别珍惜迟来的读书机会。因此，我们三人成了好朋友，而同时，又是全班三个成绩最好的学生，隐隐间也互为竞争者。高中升学考试，我的总分成绩是全炮台公社的第三名，可以入学高中。

　　不过，我在读初中期间，不得不面临现实的问题，特别是经济上的困难。下乡务农，是一个经历磨难和接受"改造"的过程，在这个过程中，我意识到，我成了家里第一男性劳动力，尽管当时我才十五六岁，但我也不知不觉中承担起很多方面的责任。

　　父亲的学生为了帮助我们渡过难关，争取到了一些画彩蛋的工作给我们做。画彩蛋是当时流行的一项工作，主要作为出口的工艺商品。

画彩蛋工艺细致，有一定的手工难度，也需要一定的艺术水准。作画时，眼神要好，手笔要巧，很考验画工的手艺，要小心翼翼，完成后还要东奔西跑送货交货。当时，我在家里责无旁贷地充当了主要角色。（图3）

画彩蛋的整个流程从买鸭蛋和吃鸭蛋开始，想要收入多些，就得多画些彩蛋，也就需要很多鸭蛋。鸭蛋只使用其壳，那蛋白蛋黄就拿来吃，那么多的蛋白蛋黄，不容易吃得完，要想各种各样的方法，煎的、煮的、蒸的，还送给左邻右舍，这样一来，既改善了生活，促进了发育，提高了身体素质，也加强了邻居之间的友好关系。不过，有时鸭蛋也太多了，自己吃得烦，别人也怀疑我们有什么企图。那时通常要到六七里地之外的镇上集市才可能买到更多鸭蛋。我挑着箩筐，一个一个小摊挑选鸭蛋，讨价还价，鸭蛋要挑底色较白、造型规矩、大小适中的。买好鸭蛋，再小心翼翼地挑回家。有时候集市上没那么多鸭蛋，很可能会白跑一趟；有时候路上不小心，碰坏了几个，也是很大的损失；有时候买回来的鸭蛋不新鲜，既不能吃也不能用其壳来作画。

鸭蛋带回家，第一步是小心翼翼地在鸭蛋

图 3 画彩蛋

"彩蛋"是当时流行的一项工艺细致,也有一定艺术与手工难度的工作,主要作为出口的工艺商品。画彩蛋眼睛要细,手笔要巧,很考画者手艺,还要小心翼翼,更要东奔西跑送货交货,等等。

的"屁股"上打开一个小孔，拿筷子伸进去捣开蛋白蛋黄，引导它们流出来。第二步就是清洗和漂洗蛋壳。先用清水仔细清洗蛋壳的内部，不能留有点滴的蛋白、蛋黄残留物，否则，就会很快变臭、发黑、发霉。第三步是用白醋漂洗蛋壳的外部，去掉蛋壳上带黄色的膜，再用清水冲洗干净，晾干。经过这三步后，一个白白净净的鸭蛋壳才可以进入绘画工艺流程。

在彩蛋上作画是个细致活，所用的笔头要细，造型要细，色彩要靓丽，渲染要均匀。虽说父亲是个画国画的能手，但他毕竟已六十多岁，眼睛也有些花了，做这么细致的活并不轻松，因此，父亲主要承担创意、构图、画纸稿以及指导颜色搭配等工作，我们依稿作画，在彩蛋上画得更细致靓丽，具有工艺性。这项工作主要由我、母亲和姐姐来完成。我母亲的书法很好，彩蛋上细小的题字常常是由她来写的。不过，她们还有其他的家务劳作，因此，画彩蛋的工作很大部分都由学画时间较长、眼神较好、手头功夫较强、动作较麻利的我来承担。

从初一下半学期开始，特别是初二的整个学年，我几乎是一放学就往家里跑，我想多挤点时间来画彩蛋，有时画彩蛋任务多，交货时间急,我还逃课回家干活。当然,该做的作业我还是得完成,不敢偷懒;该参加的劳动也得去干,比如插秧、除草、田里守夜、收割、浇菜、施肥等等,傍晚时,还要领着我心爱的山羊到后山的山沟里去遛遛,顺便割些草回来给它晚上吃。不过,画彩蛋能很明显改善家里的经济状况,我尽力承担。我记不清画了多少个彩蛋,也记不清我当时画得怎样,只记得画过一些"春光明媚""秋色如妆"等题材的画。

画好后,到交货时,我们将一个个彩蛋用柔软的纸包上,放到两个竹编的箩筐中,放稳塞紧,以防我在长途跋涉中碰撞损坏。途中既有陆路也有水路,有挑担赶路,也有等船、乘船、换船。一来一回,一天半,从星期六中午十二点出发,挑着两箩筐的蛋壳,赶着走六七里的路到砲台往汕头的码头,登上一点钟的船,四个小时的航行到汕头码头,马上换上船往达濠,一个多小时,到终点时,天已黑。赶到交货的地方,先将彩蛋存起来,第二天才点交。我通常会到父亲的学生陈兰华兄家住下。兰华兄家里有三兄弟,兰华、兰生、兰希,兰希最小,与我年龄相仿,而被称为"书画神童"的李照东就住附近,我们都是好朋友、好画友。

我们晚上一起玩，经常是打乒乓球，他们都打得很好。那段时间，我跟着他们学会了打乒乓球。

第二天上午我就到工厂去点交彩蛋，他们会一个个打开包装，检查彩蛋是否完整，画得是否仔细。验点交货完，他们会付给我工钱。每个彩蛋好像能卖两三毛钱，除去鸭蛋的成本，每个彩蛋大概能赚一毛钱。两箩筐彩蛋有两百来个，就能有约二十块钱的收入，这是一家人两三个星期的辛苦劳动所得。

这个阶段，大概每两三个星期我就得跑一趟。每到交货的时间，星期六上午的最后一节课我就得提前一点离开，赶回家吃上两口饭，然后挑着准备好的箩筐急忙上路。在接近六个小时的乘船时间里，我会尽量找个安静的角落看小说。记得当时借了同学的一本一百二十回的《水浒传》——那时书店卖的是简本，没有宋江等被招安派遣征讨方腊的情节——我看的是全本，很好看，印象非常深刻。我喜欢《水浒传》里的英雄主义，喜欢他们说干就干的气概。我还看了《三国演义》，不过我觉得里面的描述有些玄和假。交货赶路的日子，我学了很多东西，看书、交友、学打乒乓球，不过更多时候是默想、观察。

　　初中,我一直在读书与承担家庭责任的交织中寻求平衡。初二毕业,班主任来家访,他对我父母说,一整年我大概三分精力在读书,七分时间和精力在干家里的活。我想大概也是,但得得失失说不清楚,我学会了很多书本上、生活中无法言表的东西,品性也成熟了很多。

2009年1月28日

爱绿草堂的童年
——玩具、小动物与纸上种种

  我已记不清自己是从什么时候开始学画画的,只记得我的童年,玩具是几个用木头拼接、钉成的木头车、木头人等,这些玩具造型独特别致,上面还涂上了红、绿、蓝、黄等颜色,我经常对照着这些玩具来画画。这些玩具是父亲利用工厂的废木料为我们做的。他探亲时带回来,教我玩耍,同时也教我对着它们画画。这个阶段也许就是我画画的启蒙期。后来父

亲从粤北回到汕头后,便正式教我学习中国画。(图4)

小孩一般都比较喜欢小动物,父亲从这样的儿童心理出发,开始教我画可爱的、毛茸茸的小动物,小鸡、小鸭、小鸟等;慢慢地,我开始画公鸡、母鸡,还有鸭群、鹅群,甚至是老鹰;再后来,动物多了要有人管,画要有诗意,要有内涵,人要有理想,要有气概,也就有了"我是公社鸭司令""雄鸡一唱天下白""展翅高飞"等题材和表现。我就是这样,在父亲的谆谆教导和手把手的指导下,走进了绘画领域,开始了绘画旅程。

父亲会不遗余力地指导我。我常常按照他的安排,满头大汗地完成任务。他一有时间,就会来指导我,并认真地指这点那,如果我还是不能理解、不能按要求做,他就会情不自禁越俎代庖地抢过笔来,现身说法地画起来,甚至不愿意停下笔来。这时,母亲会走过来半开玩笑地说,是你在画还是儿子在画?

父亲谈到中国画语言要点时,经常提到黄宾虹的画论——"平、圆、留、重、变",并从"如锥画沙""如折钗股""如屋漏痕""如高山坠石"和"随机应变"来作进一步的阐释,

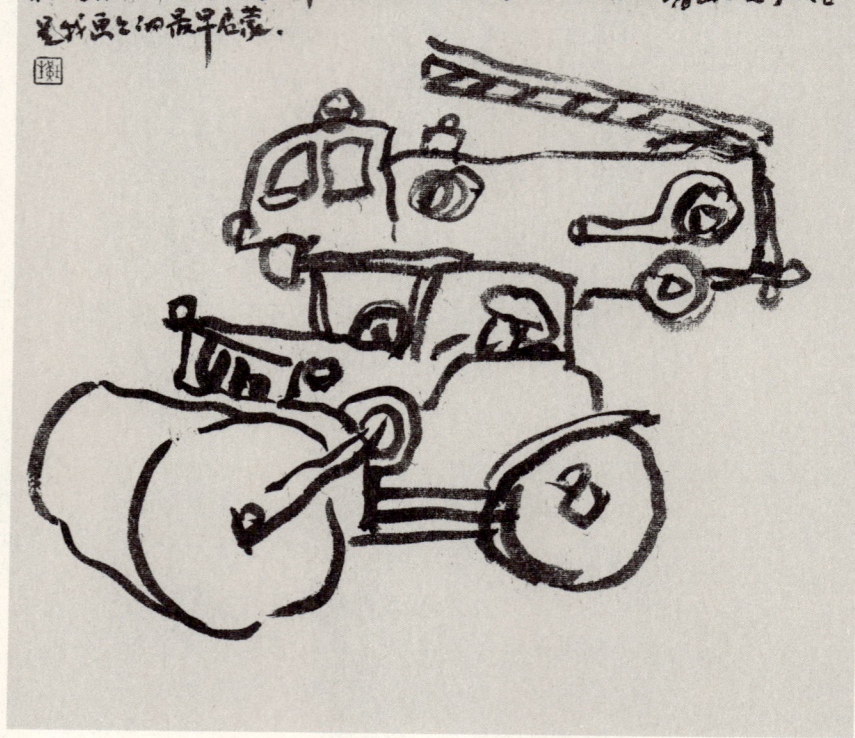

图 4　父亲做的木头玩具

这些玩具是父亲远在粤北"右派"劳动改造之余，利用工厂矿区的废木料为我们小孩做的。回家探亲时带回来，教我们玩耍，也教我们对着画。这可以说是我画画的最早启蒙。

非常形象，我记忆尤深。

　　回想父亲在中国画理论的创造性贡献，最主要的是他提出了三角形构图结构的观点：在任何的画面构图上，三角形意味着画面有三个主要的支撑点和着力点，这三个支撑点、着力点位置的变化，引发了画面构图的结构变化，气的流动也由之形成，画面的气势也便产生，因之也引出了笔墨走势的呼应关系等。这样的理论观点及实践在中国画领域是很创新和有建设意义的。

　　我在爱绿草堂学画的记忆实在太多了，后来我进入社会，远居他乡，这样的记忆会像某种发酵剂一样，在我生命的容器中一直发挥着隐性的作用，甚至在我所有的艺术活动中，这些"发酵剂"以潜意识的方式，让我与外界在不断碰撞中形成某种关联，也形成属于我每一个生命当下的不同触感。

2012年11月24日感恩节于北京

那些「蓝色」的日子与「彩色」的酸甜

1970年,我14岁。

有一段时间,父母之间的谈话总是神神秘秘且忧心忡忡的。有一天夜晚,母亲将我们几个小孩支开,让我们去附近的人民广场玩,当我们玩够了回到家时,发现家里很乱,还有一些东西不见了。我们急忙问母亲是怎么回事,母亲淡淡地说:"你爸工厂的人来家里找东西。"后面又有一段时间,父亲总是心神不宁,我想，一定又有什么事。有一天早上父亲准备去上班，已经带好东西，正要出门，这时母亲提醒父亲："你外裤还没穿上呢。"父亲恍然，随即哈哈大笑。那笑声我一直忘不了，是一种自我化解？一种苦涩的无奈？在我们与父亲的共同生活中，平和而幽默的笑声是经常出现的，父亲的笑声也仿佛橙色阳光洒满我们周围，然而那天的"笑声"却平添了些许牵强与无奈。

那一天是3月5日，父亲上班去了，但下午很晚了都没有回来。我放学后，与街坊的小朋友们照常玩着，心里时不时地担心，因为母亲对我们一向管教很严，我因为贪玩也会常被她呵斥。那天，母亲较晚才回来，我马上迎上去说："妈妈，阿爸还没回来。"这时，脸色本就不太好的母亲，直接拧着我的胳膊往家里拉，严厉地说："别嚷嚷！"

当时，我实在不明白，母亲怎会如此生气？！

父亲就是从那一天起，被关进了工厂。

随后的日子，我三天两头往工厂给父亲送东西。从家里到工厂，要走约半个小时的路，来回一个多小时，基本上是隔天一趟，带些换洗的衣服、日常用品、药物以及一些食物，不过每次送东西，总有看管人员站在一旁看着。

有一次，母亲要我偷偷地将几颗西洋参交给父亲。西洋参在那个时代是价格不菲的高级补品。我担心给父亲惹麻烦，也担心这么贵的东西会被没收，心里非常着急，最终还是没有完成母亲交给我的任务。回家的路上，我为自己的不勇敢和没能力而后悔惭愧、痛恨自己。回到家里母亲急匆匆问我是否将东西交给了父亲。没有完成任务，我忍不住大哭了起来。

那段日子，也有一些"彩色"的记忆。从家里到工厂，要穿过一段有很多小店的老街区——花坞路，每次走过这里时，我总会搜出自己身上可能仅有的一两分钱，凑到小店上买点小小的可以吃的东西，这吃的东西要经得起来回一个多小时路程的消磨。于是，我经常用这一两分钱买"七彩糖""咸金枣"等，因为一分钱的七彩糖有12颗，每颗含着慢慢吃，还可以不时地拿出来看看色彩的变化，从红色、黄色渐渐变成白色，变得小了没了，很好玩。这种消磨时间的方式很有意思；而小小的像老鼠屎一样的咸金枣就更有味道、更能消磨时间了。穷人的孩子穷消磨、穷当家。

一直到这一年的6月30日，我家出现了一

个转折点——6月30日之后,我们全家就被遣送回家乡去务农了。

2009年1月4日清晨于广州

金色岁月
——记爸爸妈妈

  爸爸妈妈今年迎来了他们的金婚纪念,而我也快五十岁了,人生能走过五十年已经很不容易,更何况是五十年相濡以沫的婚姻生活。

  五十年,经历了多少风雨交加的日子,时代的、个人的、外部的、内部的,非常不容易!我佩服爸爸妈妈,无论在多不容易的时候,他们都会用一种平和的眼神和语气,向儿女们传递一种对待生活的信心,风雨过后,有晴天的灿烂，有阳光的明媚。那是一片祥和的蓝天，一道灿烂的阳光！

每当要具体回想爸爸妈妈这么多年来对我们养育和教育的点点滴滴时，便感到有些不知从何说起。来自父母和家庭的感情，丝丝缕缕，就像人之于空气，无处不在，不能缺少，不过很难被具体地描述出来。更何况，诉诸言辞的，往往已不是所说的对象本身，语言在此刻显得苍白无力。

不过，在我的相册本里，有很多将时光定格的照片，这些照片镌刻着无数的记忆，撩动起无数若有若无的来自遥远岁月的气息。

照片一：

童年时代的这一张照片深深地刻在我的记忆中：我坐在妈妈怀里，边上是一群姐姐——二姐、三姐、四姐，妈妈的脸苍白清癯，还有一对略带疲惫的眼睛，不过，虽然疲惫，但依然透露出刚毅的目光。

爸爸没有在这张照片上……

1958年一个寒冷的夜晚，爸爸被迫背井离乡，被送到荒远的粤北山区劳动改造。而我们从阳光充足的三楼住所被迫换到一个几乎没有光线的、又黑又湿的底楼小房间。妈妈当时身体很差，肺结核非常严重。20世纪50年代时，肺结核是一种令人生畏的疾病，既有可怕的传染，死亡率也很高，而这个没有阳光的小房间让情况更糟糕。

我们这个刚刚组成没几年的新家庭，从父亲曾经是全市著名且备受重视的"王兰若先进工作组"成员的荣耀地位，一下子掉到社会的边缘，无论是经济，或是精神，甚至人际关系，都发生了难以想象的巨大变化。但我当时才两三岁，不懂事的我对世事家事的变化完全没有特别的感觉。

我的记忆中，对爸爸最具体的形象和感受就是，他会从遥远的粤北给我们寄礼物——他在劳动之余用一些废木料为我们做了几辆汽车、拖拉机玩具。它们不仅造型可爱、颜色鲜艳，而且做工精致，是我童年最好的玩具。我跟它们玩，画它们，向邻居小朋友炫耀它们。

另外就是一张爸爸寄自粤北的自画像，爸爸有一张朴素而沉稳的脸。后来我才知道，这张自画像和上面提到的妈妈与我们姐弟一起拍摄的照片，是父母在1960年秋天互寄以相互慰藉的礼物，妈妈为了在拍照时精神更好些，还特意提前吃了一碗糯米粥。

照片二：

在我的相册本上，有一张大约拍于1964年的照片，我推着小推车，上面坐着一岁多的弟弟，爸爸妈妈和我们在新华电影院前面散步。

这一带离我家很近，我们经常在这里活动。

记得有一天，爸爸妈妈很高兴地带我去看新华电影院附近的一处图片宣传栏，上面有我的一张出国参加国际儿童画展的作品，当时学校还为我颁发了奖状，他们为我自豪。

我学画画凝聚了爸爸妈妈的心血和希望。爸爸1962年从粤北回来后，就开始教我画画，我当时六岁，个子刚刚高出画桌，每次爸爸画画都要求我在边上认真看着，我总得踮着脚伸长着脖子，但看着看着便会走神，这时，爸爸会和蔼地发出"哦"的一声，我不得不又打起精神来。妈妈更是严格督促我的学习，尤其是画画，她经常为我做好画画前的准备，还为我磨墨，一磨就是很长很长时间，一边磨一边监督、辅导我画画，还会讲很多做人的道理。但是，我在成长阶段时常让他们操心和失望。小学毕业，因为是"黑五类"的子女，没有再读书的权利，我停学了一段时间。爸妈更投入全力教我画画，还有背读画论，以至一些当年读过的画论我至今还能够随口而出；他们还专门请了蔡起贤老师教我们姐弟三人古典文学，这些为我后来攻读中国古代画论专业的硕士和博士学位打下了基础。但我屡次没有考上大学曾使爸妈大大失望，加上我倔强的脾气和自认为独立的性格，也曾令他们伤心。每每想到这些，我除了感谢爸爸妈妈的养育之恩和无私奉献外，只有深深地自责和暗暗地加倍努力！

照片三：

　　还有一组照片是拍摄于汕头红旗路一号住家门口的一大片菜花地里，照片上有爸爸、妈妈，还有我们姐弟三人，菜花开得很茂盛。

　　红旗路一号原来就是爸爸被赶回家乡之前所在的单位——汕头工艺美术厂，而我们落实政策从乡下回来恰好也住在这里。

爸爸在汕头工艺美术厂待了近十年，他为中国画的出口创收、为广州交易会的展品与订单、为培养年轻一代美术人才做了很多工作，备受大家的尊敬；也是在这里，在那场浩劫当中，爸爸及家里人经历了很多个心惊肉跳的不眠之夜，我也在这里的"牛栏"边看见了很多次爸爸不安的眼神；到了1973年底，我们终于回城了，住进了一个朝南的房间。很快，春天来了，住家门外的菜花地开满了花，在绿油油的叶子上撑出一簇簇黄色的花，满眼春色。同时，我们的心情也与以往大不一样了。爸爸约了学生其元兄，他是专业摄影家，带着专业器材，好像当时还带了一面反光板，他让我们走进了这片黄色菜花地，欣赏着这春天的灿烂与明媚，其元兄按下了快门。这时，一阵风吹过来，爸爸的头发飘了起来，飞扬而帅气。

还有很多照片，带给我很多真切的记忆。五十年，爸爸妈妈患难与共，也同享晚年的安详舒适时光。这个家庭在爸爸妈妈乐观平和与刚毅执着的精神引领下，顶过许许多多风雨飘摇的危难，换来了今天的根深叶茂！我们作为儿女，在深深感激爸爸妈妈的同时，更会从这种精神中获得力量！

2004年12月19日深夜于广州

怀念父亲：一种透明的力量和境界

父亲离开我们快一年了。

生老病死是每个人都无法避免的自然规律。虽然那段时间，我对父亲即将离世已有心理准备，也对人生的过往有了不少感知和体悟，但是，当那天夜里守护在父亲的灵前时，心底依旧油然而生一种阴阳永隔之感！

静静凝视着父亲安详的面容，诸多往事，如同电影画面一样在我眼前一一清晰浮现。我想起吴冠中先生的一段话:"老人走向遥远,虽渐远渐小,却背影清晰……我的衣饰及肌肉都是透明的,你恰恰摄了我的心肺。"父亲渐行渐远了,我们却永远看到他清晰的背影,看到他透明的心肺。那心肺的律动和呼吸,在一种无形而透明的空间中存在着,并深深地影响着我们……

父亲是去年(2015年)父亲节后的二十来天离开我们的。记得父亲节那天,我们问他要不要画画,"今天是父亲节,您来画一片山,'父爱如山',或画一株松树,'寿松长青'……"父亲二话没说,拿起笔来,开始涂涂抹抹,笔走龙蛇,并涂上颜色,我们都看蒙了。慢慢,我们才看出他画的是一个跳舞女孩的身影,因为刚刚小孙子的女友为他跳了一段舞,他看得很入神。父亲平时很少画人物,我们之前从未见过他画跳舞的女孩。在他一百零五岁这个年纪,手握毛笔的控制力已大不如从前,但他还是那么执着认真、仔细观察,尝试表现新东西。他快一百岁时,曾与学生詹伟明说:"我老是没有进步。"百岁高龄的人,还不断想着进步,这就不难明白他为什么会在九十九岁后创作风格产生大变革,来一个"九九变法"。父亲这种永无止境的学习精神，永远鞭策着我们。

前年的父亲节，父亲与母亲捐赠给广东省博物馆的书画作品进行展出，展览在广州开幕，请来了全国各地诸多著名的美术理论家、画家召开学术研讨会，大家对父亲的艺术成就给予了高度的评价。我在研讨会上分享了自己学画启蒙的一段深深记忆：

父亲当年在遥远的粤北农场劳作，那时我才两三岁，他一去就是三年多。当我略懂事后，"父亲"这一名称，给我最初和最深的触动是，这不再只是个抽象的概念，我得到了一些可感知的东西、一些现实可触摸的实物。

他给我带回一些自制玩具，木头的汽车、拖拉机、压路机、消防车，还有木头人等，这是父亲在农场工作之余，利用废弃的木头等杂物，制成了各式各样的玩具，再把这些玩具涂上色彩斑斓的油漆，漂亮极了。

父亲回来后还要求我对着玩具涂画，开始教我画画。

这些玩具，倾注了父亲对我浓浓的感情和爱，我的绘画之路及对色彩、形态感觉的启蒙就从这里开始。其实，这不仅仅是色彩、形体、绘画的启蒙，更是艺术情感、生命感悟、爱心关怀及后来才领悟到的不向邪恶和苦难低头，始终保持坚韧的乐观精神的启迪。

  人生有很多避不开也无法改变的事，如生死、亲情、记忆、时光岁月等。我越来越发现，很多人与事，随着时间渐行渐远，清晰的逐渐变得模糊了，但在回忆的一瞬间，模糊的又变得通透了，通透中更充溢着丰满和温情。从父亲身上，我们得到的是无数具体实在的爱，它们逐渐融进我们的生命和精神，化为一种透明的力量和境界。

  深深怀念并感谢父亲！

2016 年 6 月 19 日于父亲节

种玉种玉

　　姐姐王种玉，比我年长一岁多，从小她总是带着我、哄着我、护着我。姐姐在小学毕业后就辍学了。因此，父母亲决定亲自教姐姐画画，后来还请来潮汕古典文学的泰斗，也是父亲的老朋友蔡起贤先生来教我们姐弟诗词文学、古典文论及历史等。在那个特殊年代，我们在家庭里得到了温润的艺术滋养和人文教育。父亲也为姐姐改名，从原来的"王璜儿"改为"王种玉",号"蓝田子",取"玉种蓝田"之意。

于是,种玉姐姐开始"种玉"了。

古诗有云"蓝田日暖玉生烟",玉之出于"蓝田",应该是指"玉"是在一种特殊的条件下生成的,包括地质、年代、气候、压力、地层变化等,也就是说,玉是在一种特殊的环境、特殊的地层岩石及特殊的土壤、阳光、雨露条件下,由特殊品质的物质而"炼成""养成"的,故称之为"种"——玉是"种""养"出来的。

东汉许慎在《说文解字》里说:"玉,石之美者,有五德。润泽以温,仁之方也;鳃理自外,可以知中,义之方也;其声舒扬,专以远闻,智之方也;不挠而折,勇之方也;锐廉而不忮,洁之方也。"就是说,玉,有五种高贵的美德,与之对应的是儒家的仁、义、礼、智、信五德,象征做人要温润、内外一致。《礼记》也指出:"君子比德于玉。"我认为,玉的品性最突出的就是"温润""润泽以温"之质,而与人、与君子的关系也在于其德之温润、品之润泽。

种玉姐姐开始"种玉",开始画画。一路走过来,"玉"在那特殊年代和环境中不断地"炼"和"养"。那时,父亲在昏暗的煤油灯下,不顾一天繁重劳动之余的疲惫，一笔一画教姐姐和我画画，一字一句教我们中国画论。尽管后来的学习、生活条件渐渐好了，但是，父母亲当年在困境中对待人生、学问、艺术的精神，一直深深感染、引导和影响着我们，鼓舞我们在此后的学习道路上默默而坚韧地前行。

　　时光流逝，父母年事渐高，父亲的艺术交流活动都由姐姐忙前顾后照应并参与。在北京藻鉴堂，姐姐的画得到了很多老艺术家的高度赞许，许麟庐先生更是赞赏有加，认为她的写意花鸟，笔墨老辣醇厚。姐姐也多次参加国内外的艺术交流及画展活动，既开阔了艺术视野，提高了水平和境界，也产生了积极的社会影响。

　　我和弟弟都在外求学、工作和生活，照顾年事已高的父母的重担落在了姐姐的肩上，姐姐事无巨细，悉心照顾，尤其是作为著名艺术家的父亲，晚年经历了身体的惊险变化和艺术创作上的"九九变法"，画风发生巨大转型和飞跃。这样的变革和父亲百岁之后的艺术成果，无不与种玉姐姐的奉献联系在一起。这一切，让我联想到种玉的"玉"，玉之美德，玉之温润淳美之质，种玉姐姐的为人待事，以"玉"喻之比之，恰如其分。

古代画论曾特别指出:"画品即人品。"人品也即画品。姐姐的画,可以从她温润玉德的人品特点上来展开分析。

首先是"厚"而"润"。姐姐画中的形象、用笔、用墨,也包括色彩,有一些"拙"的感觉。当"拙"成为一种境界、一种风格特点,便有了某种艺术意味——直率的造型,饱满的笔墨,简单中隐含着丰富的意蕴,在她的画面上,这些"拙"生成为"厚"与"润",敦厚的形象与用笔,泽润的墨韵与色泽,构成耐人寻味的意象和境界。

其次是"温"而"实"。"温"指的是作品中蕴含来自生活的平和与温情,姐姐的画,很强调自身所见所感,表达一种平和的情感和景象。她画日常生活中的花花草草,包括一些少有人画且不知名的花草植物,她将个人对世间生命的温情表现出来,这是她个人最平实的视角和情感。在她的作品中,这种"温"和"实",是一种情愫和情怀、一种人生的态度,更是其"厚"与"润"的笔墨意蕴,构成她特有的艺术品性。

再次就是"洁"和"平"。姐姐的画,没有那种张牙舞爪的霸气,也没有装模作样的张扬,而是有一种"洁"和"平"的通透感。颜色和水的使用讲求明快通透,很干净平和,一些作品还似有月光淡淡的感觉。这样的特点应该与她的心境淡然、与世无争有关。

"玉"之所以形成温润淳美的品质,是由特殊的环境、岁月及其特殊的本质而"种"出来、"养"出来的,而后喻以人、喻以德,这是人们对生命美好品质的观照和人格映射的结果。"玉"因人而现其价值和美,人从"玉"之美而得自身修养品性之提升。人如此,画也如此。

因此,以如此观种玉姐姐的人与画,可得一二。

故题曰:种玉种玉。

2016 年 7 月 9 日于汕上爱绿草堂

关于爷爷及其他的「拼图」

爷爷名王秀山,应该还有字有号,但我都不知道,父亲好像没给我们说过。爷爷在1911年53岁时生了父亲。以此推算,爷爷出生时间约在咸丰八年(1858年)。我们家乡是揭阳塘边,家族的聚住地名为"书斋围",高祖秉之公以来,世代业儒或行医,以诗礼之教衣被乡里。因为祖上好几辈建了好几个书斋书院,父亲的曾曾祖毅庵公建"笔图斋"(好像又称"六房公书斋"）、父亲的曾祖父毓纲公建"爱绿堂"、父亲的祖父元斋公建"仰韩书屋"等，故被称为"书斋围"。父亲经常背诵"仰韩书屋"的铭记，其中有句"烟点松梢，雨洗石骨"，很有境界。

爷爷的主要职业是乡间中医，从小就要求父亲背诵《药性赋》，他希望父亲学习并从事中医。但是，父亲不知从什么时候起不再学医，选择学绘画。按照父亲的说法，爷爷是一位为村民疾病奔波解难的忠厚医生，他经常看到爷爷大热天到乡间行医，回家时大汗淋漓，睡倒在躺椅上，累得连饭都不想吃。但真正促使父亲转变想法主要还是他热爱春天、享受春天，觉得画家只要心中想到春天，就能画出春天。这确实也反映出父亲一生的艺术追求与对待人生的态度——无论是在多么艰难的环境里，父亲总能画出心中的"春天"，享受阳光。

爷爷娶有两房，父亲是由小房奶奶黄氏所生。黄氏是揭阳登岗黄西村人，是大户人家的女儿，家里有大院落，老舅爷有钱而俭朴，也曾闹出了一些笑话。一个冬天的早晨，俭朴的老舅爷穿着旧棉袄在大院落的门口晒太阳睡着了，迷迷糊糊中被一个乞丐的棍子捅醒。乞丐说，太阳老高了，人家大院门都开了，还不赶快进去要饭。还有一次是过年时,老舅爷从黄西村到爷爷这走亲戚,路途要走一个多小时。老舅爷一手提着一只自家做的卤鹅,一手提着一个酱油瓶,酱油瓶是为了接在路途中拉的小便。对于农民来讲,小便就是上佳的肥料,而老舅爷很勤俭,不想浪费这肥料,因此他带上酱油瓶,想将路途上的"肥料"带回家去浇菜肥田。到了塘边家里,大家忙开,煮菜做饭,中午还小酌几杯,当然,亲戚家带来的卤鹅是上乘菜。下午老舅爷准备回去,要带走那一瓶"肥料",找不到。一问,亲戚家说,那"卤鹅汁"中午盛宴已派上用场了。(图5)

黄氏奶奶生有两男两女,父亲是最大的男孩,上面有个姐姐,下面有一个弟弟和一个妹妹。大姑姑嫁给陈姓的姑丈,生头胎时,出现意外被误诊而去世,但是表姐还是活了下来。陈姓姑丈做药材生意,挺有能耐。后来他又续娶了一位姑姑,生了好几个男孩,其中表哥陈德生对我影响不小,当年他与我通了不少的信。当时,我少年,他青年,他是大旺农场的下乡知青。每次他给我写信,都充满激情,满怀人生理想。但是,在那样的时代大背景及家庭背景下,命运非常折磨人。后来,我觉得他的性

图 5 老舅爷的卤鹅与"卤汁"

老舅爷走亲戚,一手提着卤鹅,一手提着酱油瓶,装的是路上接下来的"肥料",被误为卤鹅汁,盛宴上派上用场了,好玩。

格及对世界的看法改变了很多。

　　陈姓姑丈续房的姑姑生了几个小孩后也很快去世了，姑丈又再续了一个，我和最后这个姑姑比较熟，她生了一个女孩，我叫这女孩为"佩玲姐"。父亲与姑丈经常往来。姑丈解放前做药材生意，可能生意不小，自家在汕头市还有一栋三层楼的洋房。据说我父亲从东南亚办完画展回来时，用箩筐装着燕窝，姑丈懂行，知道燕窝是个好东西，他铲了满满一簸箕拿走了。解放后，姑丈被判定为成分不好，原有的洋楼住房也被没收了。他后来就住在原来洋楼底层中间的专门隔出来的一个房间，四周没有窗。他自己在汕头木箱厂工作，具体做什么活我不清楚。家道落寞，他并没有惨惨戚戚，每次来家里与父亲聊天，都很平和，话语中隐隐流露出生意人的精明睿智。

　　爷爷的小儿子，十来岁时因病去世。这件事父亲一直不愿意说出原因。后来母亲才说起，据说是因为父亲与"前妈"吵架，"前妈"生气回娘家了。往常这种情况，一般是丈夫亲自去丈母娘家将媳妇接回来，大抵也就和好了。但是，父亲执意不肯去，爷爷劝说多次也没用，只好叫小儿子去请嫂嫂回来。大热天，需走十多里路,还得过大江,一去一回,有二三十里路,小叔叔中暑了,回来就病倒,爷爷也没能将他救回来。

  爷爷的小女儿,不知什么原因,从小就被送给了黄氏奶奶家的一房亲戚做女儿。长大后嫁到附近铺头村,她丈夫有癫痫病,一次在过河时,病突然发作,掉进了河里,被河水冲走了。小姑生有一个儿子和一个女儿,男孩土名叫"蟹仔",我们一直称他为"蟹仔哥",可能是从小个头较小吧;女儿叫"蟹卵",据说也是从小就被送给亲戚了,我从没见过她。蟹仔哥是我们家的穷亲戚,他每次来家里,父母亲都会送一些东西让他带回去,家里有什么特别的事,也总会让他来帮忙。记得小时候我曾在他家里住过一段时间,当时可能才两三岁,印象中最怕的是村头的大鹅群,它们见到小孩就追赶,还咬人。另外,村里的土路满地是鹅屎,那时小孩都是赤着脚,鹅屎又滑又软,还有点臭,太可怕了。

  关于爷爷的大房奶奶之事,很少听父亲提及,隐隐约约记得父亲断断续续讲过一些片段。大房奶奶生有一男一女,可能都比父亲大不少,大伯好像是在外面做生意,但是做得不好,在路途中被抢劫过，受到惊吓且心里失落而生病去世。大伯生有一儿子，娶亲后与伯母等住在家乡，爷爷有时会与他们一起吃饭。据说有一次爷爷坐在凳子上，他们家屋前拴了一头猪，绳子很长，猪带着绳子乱跑乱转，使爷爷从凳子上仰翻下来，四脚朝天。

  大伯还生有一女儿，与父亲一样大，叫"娃姐"。我们与"娃姐"后来倒是有一些来往。我们被遣送回家乡时，她有时来看望父亲，一个很朴素的乡下妇女，嗓门很大。很神奇的是，我们回城后，"娃姐"那时已经六七十岁了，她来汕头找父亲，但是又没有我们家的地址，她跟着村里出来要饭的人一起到汕头，但不知上哪去找，于是，她逢人就问"那个王勋略（父亲小时候名叫王勋略，这名字只有家乡人知道，他后来主要是用王兰若这个名字）住在什么地方？他是画图的"。居然还真被她问到了，找到我家里来。

  我出生时，爷爷已经去世十四个年头。因此，一些关于爷爷的点点滴滴，都是父亲偶尔说出来的。父亲头上有个不小的疤，那是小时候，父亲经常跟他的妹妹出去玩，不愿意读书习字。爷爷很生气，有一次在气头上，就拿着铜烟杆敲了他的头，顿时流了很多血，留下一个疤，头发也缺了一小块。可见，爷爷对小孩的学习很重视，培养很严格。1934年，父亲二十四岁，他与"前妈"结婚八年，大儿子约五岁。他们曾生有一对双胞胎，没多久夭折了。后来，父亲决定到上海去求学画画。七十六岁的爷爷卖掉一些田地给父亲交学费和作生活费用。其间，家乡人王慎（我称他为惠兄，他年龄比父亲还大，但是按乡里的辈序，他与我同辈）出钱资助父亲学习，他在上海做纺织生意，比较洋气，有时会带父亲到上海的"大世界"跳舞。1935年父亲从上海美专毕业，因为成绩不错，有老师想留他在上海美专任教，父亲也有这个意思。但是，爷爷谎称生病，发电报要父亲赶回家乡。1937年父亲又到上海，想看看在上海发展的可能性，并拜访了一些老师，准备与他们一起办画展。当时的上海战事日近，人心惶惶，画展没有办成。父亲乘船回到汕头时，"八一三"事变爆发了。

　　1938年爷爷八十大寿，父亲请了上海一些大家、名家写了八十个"寿"字为爷爷贺寿。在当年，八十岁是很高寿的。据父亲说，刘海粟、何香凝、黄宾虹、诸闻韵等重要人物都写了"寿"字。可见，父亲在上海很有人脉。可惜，这些"寿"字，也包括父亲收藏的名人书画，在后来"土改"时被毁尽了。

1942年春节前，在普宁师范学校任教的父亲正准备回家过年，父亲的好朋友谢梁柱叔突然对父亲说，老王，你此次回家，家中恐有大事。父亲将信将疑，回到家里。大年三十，爷爷主持祭祖拜神，精神、气色都还挺好，但是第二天大年初一，爷爷出现"浮痰"现象，这种现象很危险，到了初二，爷爷就安静地离开了，享年八十四岁。

爷爷的墓应该是建在故乡的狮山之麓，由于历史原因，父亲及我们很长时间都没有回过家乡。到了1970年全家被遣送回到家乡，在那里度过三年四个月。这使我认识了我的家乡。我印象最深的是，在村头大榕树下，有一条不大的水沟，水沟上覆盖着一块被废弃了的墓碑石板，石板上刻着爷爷的名字。这是我第一次知道爷爷叫"王秀山"。每次经过这里，我都会静静地看上一眼，跨越水沟时，从不敢去踩那块石板。近些年回去，家乡已经发生很大的变化，父亲的身份地位也与当年回家乡时大不一样。我发现，那块有爷爷名字的石板已经不见了。据说是父亲跟村里领导讲了，被移开收起来了，现在就放在爷爷曾经住过的老房子里。

2021年2月14日于汕头

南疆考察笔记数则

一、从喀什到塔什库尔干塔吉克自治县

我在电影、照片、画报上看过很多次帕米尔高原,对那里特别神往。我也喜欢昆仑山,我向往那里的冰川、雪峰、牧场、牦牛还有雪莲花。今天,我终于能有机会去领略高原风采。

离开喀什南行不久,就看见雪山横列远方。山道崎岖,汽车在弯弯曲曲的山缝中慢慢爬行。

这里的山都是光秃秃的，可能是因为山石土壤所含的矿物成分不同，有的山很红，有的山很黑，有的山则发绿，红、黑、绿相间的山同远处雪白的冰峰交相辉映，美极了，我不顾山路的颠簸，抢拍了几张照片。

渐渐地，雪山近了，阳光照在雪山上，把雪山照得晶莹剔透，反射的光线特别耀眼。雪山上不时飞出几朵灰色的云，云慢慢地飘荡，这灰色同晶亮的白色对比，显得两种颜色都特别高贵。天上的云朵变化很大，不时变幻着各种各样的形状和色彩，时而挡住阳光，使雪山的某一块变成紫蓝紫蓝的，时而遮住近山，把山的层次拉了出来。我被这些变化深深迷住，不顾雪山的耀眼，一直拍摄这变幻莫测的场景。我特别喜欢逆光的雪山，它的灰蓝色，它的层次变化太令人着迷了。

我们翻过海拔7719米的公格尔山和7546米的慕士塔格峰，公格尔山和慕士塔格峰在当地人（包括驻守在那附近的部队）心里是很神圣和伟大的，有种令人臣服的力量。今年夏天，中国和日本组成了一个联合登山队来攀登慕士塔格峰，规模很大。

从山坳经过，仰望慕士塔格的主峰，并

不觉得很高。慕士塔格峰山凹处海拔大约有4000米，山凹处是一片金黄色的草原牧场，还有弯曲的小溪。马、牛、羊随处可见，对了，还有骆驼，骆驼真好玩，毛茸茸的，很天真，跟公园、动物园里的完全是两回事。它们悠然自得地吃草散步，当听到汽车经过时，它们便停止吃草，歪着头来看我们，连背上的那两个驼峰也歪着，天真极了。

这里的天空澄澈，云变化无常，黄昏的雪山，在夕阳照射下变幻多彩，非常鲜艳。折射着夕阳的色彩，雪山被染成通红的，阴影处是一抹蓝色，田野里的黄色也变得特别温暖。其实高山上的气温很低，寒风彻骨，但现在给人完全是另一种感觉。云、光线、色彩，景色不断地变化着，高原上的落日也不会早早隐去，留在天上的云彩久久地、不停地变换着它的彩色衣裳，美极了。

9点左右才抵达塔什库尔干塔吉克自治县（以下简称"塔县"），县城很小，只有一条充当公路的大街。街道上行人很少，商店早就关上了门，寒气肃肃，一片萧条的感觉。本想在汽车站旁边随便找间旅店住下，但当敲开小旅店的门，看到空荡荡、黑乎乎，几乎没有半点人气的房间，加上寒气逼人，急忙转身就走。走了很久，来到这城里唯一一座像样的宾馆——帕米尔宾馆，服务员给我安排了一个普通的床位。虽说是宾馆，也有许多外国人入住，但环境很差，灯光暗幽幽，连用冷水洗脸都困难，更不用说温水。我住的房间有四个床位，除了我，另外三个床位住的都是外国游客，他们分别是苏格兰、瑞典和加拿大人。这三位游客都很拘谨和有礼貌，不像以前见到的外国人，特别是美国人那样豪放。三人中有两人是夫妇，他们是到印度、尼泊尔、巴基斯坦等地旅游的，今天从巴基斯坦来此。这对夫妇将一路旅游，最后到沈阳助教。在这一带，到处会遇到外国游客，尤其是巴基斯坦人。巴基斯坦人和这里的当地人很像，习惯、衣着等都很接近，不甚在意个人卫生，性格也比较粗犷。

塔县的少数民族主要是塔吉克族，姑娘的打扮与维吾尔族有很大不同，头上戴绣花帽及头巾，帽的后面还有四至六条假辫子，假辫子上缀着扁圆形的银饰和有机玻璃纽扣，大概有几十个。塔吉克族姑娘脸型比较瘦削，故眼睛显得特别大，加上头巾掩去了一半脸颊，只有两只又黑又大的眼睛，从远处看很美艳。这里的男子很有趣，街上见面，相隔老远就互施护胸礼，接着急促地凑近，握手，并拉着对方的手往自己嘴上凑，然后两人互碰脑袋，这些动作都很简洁快捷，一瞬间就完成，最后便分别去做各自的事。也许这只是当地一种礼仪，我发现，他们在凑嘴碰头时，彼此都心不在焉，眼光都不知往何处望。

塔县处于中巴边境，隔着不远处就是红其拉甫口岸，我们跟巴基斯坦关系较正常，所以中巴两国人员能正常地往来，每天从这里出入的游客也不少。

第二天一大早我就抱着相机四处奔跑，清晨的雪山和高原很清新，金黄色的树和草显得很醒目。这里海拔高，空气中氧气不是很充足，对于一个刚到高原来的人，走路快了有些气喘吁吁的，蹲下去好像喘得更厉害。吃完早饭，马上到城郊的石头城游览。"塔什库尔干"的意思就是"石头城"（"公主堡"则被称为"克孜库尔干"，即"姑娘城"）。关于石头城的具体历史和由来是什么，当地没有介绍，据说这里是唐代遗留下来的故城遗址。古代的"丝绸之路"，无论是北道还是南道，都得经过塔县。当年唐三藏西天取经，就从塔县经过，在

《大唐西域记》里就记载了这里的一些传说和名胜——公主堡。以前,塔县是羯盘陀国,这里跟波斯有密切的联系。

石头城的围墙很大,有管理大门,但紧锁着。我翻过墙,独自一个人在这荒落的古城中漫步。城中到处是一摊摊石头,城墙砌在高高的石城上,整体由泥土垛成,城墙分高低两围,有些保存得较完好,整个古城好像有人工的破坏痕迹。据说战争年代,曾受到飞机的轰炸,不知这跟古城的现状有没有联系。

荒芜败落的古城,静静地遥对着默默无言的雪山,它们在无声地述说着过往的历史。一阵乌鸦的凄厉叫声从石头堆里骤起,一群乌鸦肆无忌惮地在我周围盘旋,好像我闯入了它们的地盘,打扰了它们。乌鸦的黑影,凄厉的怪声,还有这荒冷的石头和城墙,那冷漠严峻的雪山蓝天,构成了一幅静默庄严的图画。(图6)

塔县县城很小,人口大约有2000人,县城只有一条街道兼公路,市集也很小。在市集上无意认识了一位说闽南语的老乡,他叫林文度,是福建莆田人,从小就随父母来到这里,爱人同是故乡人,现在对这里的一切都习惯了,回

图 6　石头城

荒芜败落（的）古城、石头，静静地遥对着默默无言的雪山，不知它们在想什么……一阵乌鸦的凄厉叫声从石头堆里聚起，乌鸦无所顾忌地在我周围盘旋。

乡反而觉得别扭。他开了一个小店，卖食品百货等。他的两个弟弟也都在这里，其中一个是汉语中学的校长。

下午本想找便车到慕士塔格峰下的旅游点转转，但没有找到车。

傍晚我到郊外闲逛，独步在茫茫戈壁滩上。夕阳与云彩变幻多端，阳光透过雪山，照得原野瑰丽壮观。雪山的微妙光线和广阔的原野，几笔豪放的线条，几抹沉着而热烈的阳光，还有那原野上成熟的黄色，造就出一种光和影的艺术。远处泥土屋升起几缕炊烟，天空中鸟儿自由自在地飞翔，原野上羊群撒开脚丫子欢快地奔跑，驴子发出沙哑的怪鸣声……我漫步着，不愿太早回旅馆。夕阳似乎解我意，也迟迟不肯回家，几朵彩云一直挂在雪山的上空，久久地，久久地，陪伴着我。

1988年10月5日至6日

喀什—塔县

二、南疆追车记

今天上演了一出惊心动魄的追车戏,其经历,其感受,令我永生难忘。

早上,汽车从喀什开出时,已经晚点了三个小时。这里的班车大多都晚点,慢慢地,大家都没了时间观念。前行60多公里后,在英吉沙停车吃饭。英吉沙以出产刀而闻名,这里的佩刀、尖刀,十分精美,很锋利,砍在铁板上还不卷刃。我为这里的刀市着迷,拍了好些照片,最后买了一把马头柄的刀才返回车站。

坏了,车已开走!平时停车吃饭的时间很长,说有一个小时,现在还不到45分钟车就开跑了,这该怎么办?我大部分的钱和胶卷、照片、衣服等都在车上,其他物品丢失关系都不大,胶卷等考察成果没有了,那就太可惜了!我的整个考察计划也会随之泡汤。我越往细处想,就越发紧张后怕。在这样地僻人疏,而且语言也不是很方便的地方,如何去追车和取得联系呢?英吉沙站的同志叫我先打电话给前方莎车站(两站相距120多公里),截住这辆车,我再赶上去。但是现在是中午,邮电总机不办公,他们不怎么理会我,只能自己想办法。老半天，才劝求到一辆顺路车愿意带我，但是要半小时后才上路。车开出后，中途走走停停，慢慢悠悠，断断续续，开至离莎车约25公里处时，车坏了。他们下来修车，但无济于事，发电机完全熄火。

路边正好停了一辆货车，我又劝求司机带我，这是一位维吾尔族老头司机，语言不通，他态度也不是很好，不愿带我。我磨破了嘴皮，半强硬地上了他的车。但是，司机还开出不到500米，就停下来修车，车也坏了。我真没办法！看到远处有一辆客车开过来，我急忙跑过去挡车，司机理都不理，踩着油门急吼吼地冲了过去。我回过头来要上货车，货车也已启动一溜烟地跑了，任我如何呼唤，司机都没有理会。

真是越急乱子越多！我被落在前不着村、后不着店的沙漠荒野上，孤零零一个人。要走到莎车，至少得四五个钟头。没办法，走！我一边朝莎车走，一边挡车，但过往的车很少，并都不停下。（图7）

最后来了一辆军车，他们搭上了我，送我到莎车站。但是，我遗落行李的那辆班车已经开出一个多小时。

图 7　追车记

南疆追车记
真是越急乱子越多！我被弃在前不着村、后不着店的沙漠荒野上，孤零零一人，要走路跑路到莎车，至少得四五个钟头，没办法，走！我一边朝莎车走，一边挡车，但车很少，并都不愿意停下。

我做了最坏的设想，纵然行李丢了，也要继续前行考察，决不影响行程与情绪，至于如何补救，再想想办法。有了这样的想法，我也就没那么着急了。我想一方面打个长途电话给和田客运站（这班车终点站是和田，明天下午到达），让他们先将我的行李保留，等我赶到后再领取。（幸好没有这样做，这里的管理一片混乱，客运站有好几处，上哪处找呢！）另一方面，我也要马不停蹄地追赶，能赶则赶。很快我找到前往叶城方向的客车，此时已经傍晚七点。客车是辆老爷车，边修边走，80公里的路，两个多小时才抵达。此时天色已晚，在车站停车场里没有看到我遗落行李的那辆班车。凭着一种直觉，我觉得那辆班车很可能在前方的皮山站过夜，再追！

　　天色已完全黑了，如何去皮山呢？我跑到公路边，正好有一辆货车，我说了一大堆好话，司机才同意我上货车，同一群维吾尔族人和货物一起挤在货车篷里。天气很冷，寒风飒飒，沙漠之地的夜晚，气温下降得很快，在一堆货物后面，我紧紧地挤在一堆维吾尔族人中间。说也奇怪，半躺半睡，还挺舒服，哪有如此舒适的"卧铺"呢！

晚上没有星星和月亮，一片漆黑，一位维吾尔族人用低沉的歌喉轻轻地哼着歌，歌声在这一片寂静和漆黑中飘荡着。此情此景，我也忘了自己是在追车追行李。这里严禁人货混载，我们还得逃避检查站，因此显得有几分惊险和神秘。

车到皮山已经十一点半，很多人都已经上床睡觉，很难找到灯光。我打着电筒，摸黑找到车站，这处车站也没有我所要找的那辆车，一股失落感油然而生。再三打听，一位乘客告知我过路客车停在另一停车场，我又摸黑到那里。果不其然，班车就停在那，我一下子扑了过去，从车窗往里看，行李在座位那稳稳地放着。

此时，司机正好在修车。我责问他，他这时才反应过来中途有乘客没上车。他说曾问过乘客到齐了没有，可我的邻座没有回话，真气人！我邻座是两个供销干部，他们明明知道我的目的地是和田，真是冷漠至极。原本满腹怒气要向司机发泄，可司机连连向我道歉，也就原谅了他。其实这事也不能怪他，更多的还应怪自己。这次行李失而复得的经历，让我深受触动，出门在外，万事得小心。

时间已过十二点，明早四点又要赶路。急

忙寻找一处地方睡觉。躺在床上时,才发觉肚子有些饿。这一夜,我几乎没有入眠。

1988年10月8日
喀什—英吉沙—莎车—叶城—皮山

三、安迪尔兰干

安迪尔兰干是沙漠戈壁里的一个小村庄,日暮时分,我们的大篷车一摇一晃地开进这里。这里的旅社,处在一片沙漠的边缘,稍微刮起一阵风,就沙土飞扬,尘埃漫天。服务员手掩着脸以抵挡风沙吹入眼鼻,缓缓将我们带进一排平房。这种环境中,房间的卫生可想而知,反正只是待上一夜,凑合一下也行。我将行李安放好后,趁日落时分,赶紧到外面看看,拍点照片。附近都是些干沙土堆,里层是松软的沙子,土层平面有点硬,一踏上去就深陷沙层里,走起来很费劲,这片土沙堆,个个极其相似,走在其中很容易让人迷失方向。日落了,昏黄的太阳慢慢地沉入黄沙之中,土沙堆上有几棵树,金黄金黄的,这种黄色在日落中显得特别沉着有力度。几头闲游的驴子见到我的到来，发出几声怪叫，然后奔跑逃窜，扬起一片尘土。

安迪尔兰干旁边有一道小溪，人们挑水、洗菜都得踏着松软的沙土下到溪边。旅馆没有水可以洗脸，大家都一样，将沾满沙土的脚擦一擦，就钻进被窝了。昏黄的电灯忽明忽暗，大概是村里的发电机出了问题。

这两天，路上的景色都不错，很有味道。有几十公里连绵不断的芦荻花，那金黄色的叶子和雪白的花，在阳光下闪闪发光，还有胡杨树，总有这样一片金黄色的胡杨树屹在沙漠边缘。这些树树龄很大，粗壮的树干，茂盛的枝叶，宛如一个个历经风霜的战士，特别有生命力。偶尔也会看到一大片干枯的胡杨树，大概是因气候转变，它们都枯萎了。沙漠边是木柴的出产地，这些木柴来自这些枯萎了的树，很便宜。

1988 年 10 月 11 日
安迪尔兰干

四、颠簸而悠闲的路途

今天早上五点钟在睡梦中就被唤醒，汽车已经启动，急忙收拾行李上车。天空一片漆黑，天上的星星特别明亮，真弄不懂这位平时慢条斯理的维吾尔族司机为何起得如此之早，边上有位回族青年告诉我，说他们夜里喝酒，睡不着觉，一大早就想赶路。

汽车在崎岖不平的路上颠簸着，没开出半个小时，就停了下来，大家纷纷下车。我以为停车是为了让大家解手，急忙跟着下车。沙漠的晨风很大，气温也很低，大家直打哆嗦。这时，只见大家用手将跟前的沙地抹平，跪下，手掩着脸，开始做礼拜了。

过了很久，大家才回到自己的座位，司机开始启动汽车。可能是汽车老旧，又或者是天气寒冷，很难点火，司机忙碌了不知多久才将汽车重新启动。刚开出没几步，汽车又停了下来，司机叽里咕噜说了一阵，大家纷纷下车。原来，前面是一处沙地斜坡，需要大家下车帮着将车推上去。几十人一阵热闹，将车推上了坡。大家高高兴兴地又挤回车上，大概都觉得很好玩很开心。

汽车花了一个多钟头抵达25公里外的一个小道班,停车吃饭。在这一带荒僻的区域,道班也就是驿站,过去没有店铺这一说法。睡梦中的炊事员被我们吵醒,起身点起炉火烧饭,大家一窝蜂挤到炉边烤火,天气实在太冷了。

邻座的几个老婆婆自来熟,她们亲自找来柴草,点起篝火,烧水吃馕。我凑了过去,想给她们拍几张照片,怕她们不同意或者拘束。我和她们一起喝茶聊天,说明来意,她们很高兴,让我拍了不少照片。谈笑间,一位老婆婆站起身来,双手掩面,口中念念有词,又做起了礼拜,其余的老婆婆也跟着一起,真虔诚。

我被这里金色的胡杨树和沙漠迷住了,跑过去猎影。沙漠的曲线和肌理,以及微妙的光线变化,太美了。

烧饭,吃饭,摄影,两个多小时过去了,司机招呼大家上车。

一路上都是茫茫沙海和戈壁滩,当看到远处地平线出现一抹树林,大家都兴奋起来,互相欢呼。这意味着即将抵达目的地,两天多颠簸的生活也即将结束。

1988年10月12日

安迪尔兰干—且末路上

五、且末奇历

　　且末县城很小，只有几千人口，县城有一座小型飞机场，在县政府办公大楼后门，仿佛是政府大院的后操场。这里每周有一趟到库尔勒和乌鲁木齐的航班。机名"双水獭"，四机翼，有十七八个座位。真想坐飞机飞越塔克拉玛干沙漠到库尔勒去，无奈飞机座位太少，机票早在一两周前就被订满，我只得坐车前行，先到若羌，探米兰古城，再到库尔勒换乘火车。

　　且末有一古城遗址，在茫茫沙漠中，离城并不远。我想去看看，不识路，只得求助当地的文化部门。文化馆，一位维吾尔族妇女（大概是领导）客气地接待我，说明来意后，她跟其他人叽里咕噜说了一阵，让我先去找文体局局长，得到局长通知后她们才能带我去。我跑到文体局，里面挤着几个文人模样的家伙。文体局局长也颇客气，得知来意并看到我的介绍信后说，我的介绍信不是库尔勒文物部门开出的，他们不能带我去看古城，这是规定。既然是规定，我也不勉强他们，但我想了解有关古城的情况，并要求到实地去看一下。我说听说古城是一片废墟，现在都没有人在管理，我想自己去看看。此时，一个戴眼镜的工作人员，各种理由推脱，不让我去，他没说完，我就起身告辞。

晚上给家里打电话，三个多小时没打通，只得作罢，曾听说新疆到广东的电话特别难打通，现在是真正感受到了。

然后，我与一位自称在新疆这一带做生意的汉族中年老唐聊了起来。老唐悄悄跟我说他在这边做黄金生意。一听我是广东汕头人，就更加亲切了，他曾去过汕头。我说明天要去找寻且末古城，路有点远。老唐表示他的自行车可以借我使用，现在就可以骑走，明天晚上这个时候骑回这里来交还他就行。我们刚相识，并不熟悉，我提出将我的学生证留下作抵押，还车时再取回。他说没这个必要，留下自行车转身就走了。萍水相逢，老唐真乃侠义心肠！

明知山有虎，偏向虎山行。虽然不识路，在茫茫沙漠之中，估计也很难找，但在当地人那里打听到古城的方位后，我就骑着自行车出发了。村路沙土很厚，不大好跑，一出城，步入这广阔的沙漠，一种特别的感觉笼罩着我，以前读过对沙漠的描写，极其凶险可怕，几乎跟死亡联系在一起，我心存戒备，怕迷失方向。

不过这一次毕竟只是在沙漠的边缘地带,这种恐惧感也就不甚强烈,更多的是一种新鲜感和开阔感。天宇之下,只有我一个人,伴随着我的脚印,在这四望无边的沙海中寻觅,寻觅那被沙海吞没了的古城。

大方向正确,小方向时有偏差。我登上一个个沙峰,用望远镜搜寻,发现可疑迹象就上前查看,结果都不是古城遗址,很多是干湖河道的断岸。在这些地方,发现大量的陶片,这些陶片有的两面都是红色,有的两面都是黑色,也有的一面是黑色一面是红色,质地很薄,材质是陶土与细砂粒。有的陶片上印有纹样,还发现有一些可能是煅烧玻璃的残渣。虽说这几处不是且末古城,但也能看出这里曾经是重要的过道或者有人居住过。

尽管没有找到古城,但这种寻寻觅觅的感觉令我兴奋,沙漠的景色和独行于沙漠中的味儿更令我神往难忘,我拍了不少照片。

到下午四点多我才返回,仍不甘心,继续打听古城事迹。许多人都不知道有什么"古城",维吾尔族和汉族之间语言也很难相通。最后问到一个汉族村民,他说几年前就有人在西南方向寻到古城,但具体地方他不清楚。我马上掉转车头，继续寻找，往西骑车五六公里，弃车路边，再向西南方向进入沙漠步行约两三公里，越过一道沙堆，啊，古城出现在眼前！真大，从东到西至少有一公里。这座古城人工凿造的痕迹已不明显，大多像是风蚀形成，地面的陶片也不是很多，古城处在一沙堆的低凹处，地面是盐碱土，有一些天然盐，城里像一座迷宫，转来绕去。据说，前几年在且末古城挖掘时，在一座古墓里发现了一对夫妇的干尸，旁边是几十个随葬儿童的尸骨，估计这对夫妇是国王王后之类的。在《西游记》中，有关于吃儿童心肝能长命百岁等的描写，与这里倒有些相似。历史上，唐玄奘当年就是途经这里去往西天取经。

风沙在夕阳中泛起阵阵白烟，沙漠的曲线在夕阳中显得更明晰优美。我在夕阳中惜别古城，从沙漠里走出来，这时才觉得走了好远。走了一整天，兴奋了一整天，好累，腿也好酸。

当我走出沙漠，附近田地里的两个维吾尔族村民喊住了我，问我发现了黄金没有，要不要交换，他们说古城里有黄金。哈哈，大家都在做黄金梦，也怪不得文体局的人不让我去找古城。

我赶回城里，马上到汽车站购买明天前往若羌的车票，发现没有车。从且末到若羌每三天才有一趟班车。没办法，只能在且末多待几天。

　　晚上，我将自行车交还给老唐，当他得知我想第二天去若羌时，马上说："我帮你找便车去。"说完骑着自行车就走了，过了一会儿，他跑到招待所告诉我，已经联系好了，第二天早上九点他来带我去坐车，说完，又匆匆走了。如此凭义气相助，真是难得。

1988 年 10 月 13 日
且末、且末古城

六、从且末到若羌

　　早上坐上老唐昨晚联系好的货车开始新旅程，从且末到若羌 352 公里，这一路可以说是入疆以来最荒僻的路段。

　　车从且末开出，一路都是戈壁滩、沙漠、盐碱地，去年被雨水冲坏还未修复的道路，今年被冲得更加破烂不堪。司机对我说，150 公里处有一处吃饭的地方，我以为那是一个集镇。

到150公里处停车，我举目一望，茫茫戈壁滩，没有一棵树，很难发现有人居住的痕迹，只见路旁竖着一根木头，上面钉着一块歪斜的木牌，写着"食宿"两个大字，似乎还有"欢迎光临"的字样。我跟着司机下车，发现有几间半地下的泥巴屋。这里风沙很大，夜冷日热，房子墙体都半建在沙土中，盖上屋顶，留几个小窗。(图8)

我们钻进房间，主人很热情，忙着做拉面给我们吃。我问司机这里的人是从哪里来的，他说多数是以前在新疆劳改释放之后，不想回原住地，在这留下定居。在荒野戈壁滩上，运输队伍需要中途补给休息，他们这里也就相当于供应站。这地方，真有与世隔绝的味道。附近有许多野生动物，如马鹿、野兔等。

我们在荒漠的一处戈壁上看到一两座岗楼和几排似窑洞的房屋，那里是劳改场。将劳改犯送到边远之地，这样他们就很难逃出几百里荒无人烟的戈壁滩，让他们参与修路、筑水渠等。但有时候他们会逃跑，在路边假装旅游者，搭上便车，将司机敲昏或打死，抢走汽车。曾经有一次，我在库车住宿，同房间里有几个公安人员，他们在追捕嫌疑犯，后来嫌疑犯被抓

图 8 茫茫戈壁滩的"客栈"

我举目一望,茫茫戈壁滩,没有一棵树,很难发现有人居住的痕迹,只有在路旁树(竖)着一根木头,上面钉着一张歪歪的牌,写着"食宿"两个大字。

获。这个嫌疑犯很害怕，哆哆嗦嗦，面无血色。

货车开出江尕勒萨依，途经一处沙漠地带，只见一座座沙堆被扎成田字格的稻草扎紧紧箍住，据说这样的固沙方式卓有成效，只是很费功夫。又穿过121公里荒无人烟的地带，到达瓦石峡。一到这里，景象完全就变了样，绿树成荫，到处绿油油的一片，街上还看到很多汉族人。在新疆农村，汉族人很少见，一问才知道这里有一处汉族人的居住点，他们多是兵团亲属，或"文革"中躲到这里来的"五类分子"，最后基本在这落户。新疆的地理环境并不像人们想象的那样艰苦，在有水源的地区，人们生活安居乐业，经济一片繁荣，比国内其他一些山区或荒僻地区要好得多，因此一些外地来的农民到这里之后便不再回去。

货车下午七点多驶入若羌县城，我住进三十六团招待站，只有在这里才能顺搭去米兰城的便车。若羌县城人口很少，少到连个客运站都没有。

招待站里大家见我独自到这一带考察，都上来问东问西，我也向他们打听去敦煌的路线。他们建议我不用走库尔勒道，直接从这里进入青海界，从阿尔金山口出去，就到敦煌了。这一线路行程约1000公里,路上搭车也方便,思量后我决定采纳他们的意见。

1988年10月14日

且末—若羌

七、理发店及其他

上午在若羌城逛了一下,若羌放在全国的县里,占地面积算是比较大。县城里风沙不是很大,大家都很讲究卫生,这里看起来很整洁,清晨上班前,家家户户都会打扫自家门前的卫生。县城的街道和商店也不大,房子较老旧,唯一一幢四层楼的新楼,是县政府办公楼,那可能就是县城唯一的门面担当。俗话说得好,要致富先修路。一个地区想要兴旺发达,首要解决的是交通问题,一个县城,如果连个客运站都没有,别说过路客车或货车,就连本地居民的出行都成问题,又怎么能留得住人?没有自己的客车,交通不便,人口不足又如何能够发展商品经济、发展工业呢?

于田、且末、若羌这带有一种特殊现象,

理发业十分发达，随处可见的理发店，一连好几个门面相连，并冠以堂皇的店名，如"工农兵理发社"。且末县招待所的大门边，用红色油漆写上"内设理发室"，其醒目程度远远超过县招待所的小牌。今天在若羌，我看见一幢很像样很气派的砖头屋，心想，这会不会是新华书店？凑前一看，门口也是写着斗大的美术字"人民理发馆"……真想不到，在这一个连澡堂都没有（尽管这里风沙很大，但人们一般很少洗浴）的地方，理发却是人们日常生活中的大事。

等了一天，下午七点才找到一辆同意搭我去米兰城的货车。米兰城距若羌县城仅70多公里，那里是三十六团场部所在地，交通竟也如此不便。

坐在货车上，视线特别广阔，戈壁滩上空晴朗无云，唯有夕阳夕照。渐渐地，一轮红彤彤、圆滚滚的落日，缓缓落入地平线。王维诗中"长河落日圆"的写照，正是此种景象吧。这样的境地，似乎不用像麦哲伦一样环绕地球后才认识到地球是圆的，单看地平线就已有明显的感受。

日落了，余霞久久不肯散去，一钩弯月也

悄悄地浮现在天边。这天是初五,上一次在车上凝望月亮,是中秋节。人搭车行,月照车走,月光照我身,心中涌起种种别样的情绪,我久久地凝望着月亮,轻轻地唱起"我梦中的橄榄树"。心中那片月光,它慢慢地跟着我,照我到那遥远的地方。

夜里的戈壁滩特别安静,没有风沙,不过寒意彻骨。满天的星斗,天空特别明亮,我寻找着那些熟悉的星系。

汽车到达米兰城三十六团场部,已临近十点。漆黑一片,一位同车者将我带到一间私人小旅店,店主颇热情,端来一盆热水让我洗脸,顿觉一阵温暖。待洗完脸,才发现那脸盆有一层厚厚的油垢,这卫生,心里有种说不出的滋味。

1988年10月15日

若羌—米兰

八、米兰古城

米兰,有研究者认为是古代所称的"楼兰"所在地,楼兰古国遗址大约位于今天的罗布泊无人区。楼兰古国在汉唐时期特别强盛，是中原的一大忧患，也是"丝绸之路"的必经之地。古代边塞诗经常提到"楼兰"，"黄沙百战穿金甲，不破楼兰终不还"。但是，历史上记录楼兰古国在630年突然消失，至今还是一个谜。有一种说法，楼兰国是在一次突如其来的暴雨中，大地陷落而沉没在罗布泊中，也有一种说法是因为瘟疫横行，古国人相继死亡。现在罗布泊一带经常也是气候骤变，原来的水泽，一下子变成干涸的"死亡之海"。许多候鸟前一年还在此欢乐地栖息，第二年返回，只能在这片"死亡之海"中挣扎，结束生命。

  米兰城经历多次迁徙，就目前所发现的遗迹显示，今天的米兰城是第四个米兰城。距今米兰城290多公里的罗布泊边缘有一处遗址被称为"楼兰古城"，当地人认为那是第一处"米兰城"遗址。它是否就是古代的"楼兰"，官方现在仍没给出肯定的结论。楼兰古城处于人迹罕至的沙漠无人区，是典型的雅丹地貌，那里有奇怪的地理和特殊的气候现象，因此，到"楼兰"去常被称为"探险"。最近，日本的汽车探险旅游团进"楼兰"，浩浩荡荡地来了200多人，天上两架直升机保护，地面几辆通信汽车监视护卫。如此的"探险",真是名不副实,可笑至极。

当地人跟我讲,如果想去"楼兰",可以请维吾尔族人当向导,带足水和干粮,骑着骆驼,走一个星期就能到达。这些维吾尔族向导已经六七十岁,让他们带去"楼兰",大概要支付30元。骑着骆驼深入沙漠探险,特别是去神秘的"楼兰",可说是一个难得的探险之旅。但是细想,我孤身一人,无人照应,且时间紧迫,一进一出,至少要两个星期,30元也不是一个小数目,只能作罢。

在米兰城附近还有另外两座"米兰古城"。一座离这里60多公里,也是在沙漠之中。据说夏天没有人敢上那,特别热,能把人活活烤死。当地人冬天才去那里拉柴火,那里有很多干枯的树木。去的时候,赶着毛驴车,带上冰块和干粮,走一整天。今天我也无法去这座古城。另一座离城区六七公里,也是我们经常提到的"米兰古城"遗址,这处可不容错过。

天一亮,没吃饭,我就踏上去这座古城的路。走了大约五六公里公路,进入一片荒沙戈壁,再走两公里,路边竖立了一块石碑,上面写着歪歪扭扭的维吾尔族和汉族两种文字:"自治区一类文物保护区（米兰突布提城堡）"。遗址有一处较高且保护完整的建筑物，是一座城堡，城堡呈品字形布局，城门朝西。南部是一片突出高地，在高地上用泥土夹树枝一层层地砌起城墙。其他城墙有的由土丘挖掘而成，也有的用泥土夹树枝或泥砖堆砌起来，整个城堡建在戈壁滩的制高点上，具有很强的军事防御能力。城堡中有许多用泥砖砌成的小房间，房间分列没有规则，都很小，一般在六平方米左右，有的还更小。城中陶片不是很多，颜色和质地与且末古城的相似。

在城堡四周几百米外有一些类似古代烽火台或瞭望台的建筑遗址，有伊斯兰教式的圆顶建筑，内壁有火熏的痕迹，像一个土窑子，人只能弯着腰进出，躺或蹲在里面。

再远处，离城堡大约1000米的地方还有一些疑似城墙的遗迹，只有少量人工痕迹，这一点与且末古城很相似。在这些地方，极少有陶片出现，但有一些类似泥土地板砖的东西，表面坚硬平整，厚度约四公分，与泥土层分离开，似乎是人工所为。假如这附近的遗址是古城的话，那么"主城堡"就类似于王官。

下午两点多返回到旅店，又饿又渴，匆匆

吃完一碗面条，马上去找车，准备第二天的行程。由于地处偏僻，到库尔勒、若羌的班车已经停开，到山上的石棉矿区每十天才有一趟车，本地人出行大多找便车，主要是货车，这也相当于碰运气，有些人一等就是几天。同房间有一位住客要去若羌，已经等了两天的车，还要等到后天才有从若羌开来的邮车可以搭着回去。

米兰城是一个兵团所在地，人口有一万多，按理说，这样的地理位置和人口基数，交通应便利些。恰恰相反，一谈到交通，人们就摇头。说实在话，米兰城给人的感觉远不如内地一些边远地区的县城或公社。

1988年10月16日
米兰

西域二题

一、丝路偶拾

"丝绸之路"在中国历史上留下灿烂的一页,它不仅是商业贸易路线,也是文化与思想交融的桥梁,如今留给人们的只是斑驳苍凉的记忆。我欲沿着古人的足迹,重走"丝绸之路",只为感受那段璀璨辉煌的历史。

火车慢慢地爬上乌鞘岭,终年积雪的祁连

山横列眼前，温度顿时降了下来，寒风透过窗户缝隙吹到脸上，刀割般的疼痛。穿过乌鞘岭，就进入"古凉州"。唐代很多诗人写出以"凉州词"为题的边塞诗，其诗意境壮阔悲凉，读之令人回肠荡气，感慨不已，如"醉卧沙场君莫笑，古来征战几人回"（王翰《凉州词》）、"黄河九曲今归汉，塞外纵横战血流"（薛逢《凉州词》）。古战场上的刀光剑影、金戈铁马和眼前静寂空阔的戈壁滩汇聚成一种穿越时空的错位感。

火车一路前行，驶出阳关，沙漠和戈壁一步步地向游人展示着它们那壮观而无情的性格。"西出阳关无故人"的孤独感并非那么强烈，在这阳关之外的沙漠和戈壁之中，总能找到片片绿洲。

我被邀请到维吾尔族人的土屋里，虽然语言不通，但一个笑脸，一个手势，一个幽默的表情，都令我这个漂泊的游子感到心灵的温暖。我和主人蹲在一起吃"手抓饭"，白米饭浇上鲜膻的羊油，色泽透明、口感柔脆，再喝一碗鲜奶茶，咬几口馕。小孩子们怯生生地围着我，用貌似祈求的眼神巴巴望着我，想要摸我行李包上的英文字母，得到允许拿着我的望远镜东瞧西望,少女们落落大方,没有半点羞赧,要我给她们照相,并留下地址让我将照片寄回……一切都是如此自如,自如到让人觉得都是那么的合情合理。沙漠的冷酷无情和绿洲人的热情好客,是一对多么有趣的对照,既有冲突也能和谐相处,多情的绿洲人不畏惧无情的沙漠,而是要在无情的沙漠中积极生存繁衍。绿洲人在沙漠中找水、掘井、耕田、植树,以种种方式生存并渴望制伏沙漠,沙漠却如同未被驯服的野马向人们展示它的野性。短时间,谁也没有改变谁,留下来的只有对埋入黄沙故址的叹息和对新绿洲的期待。

最令我兴奋的是到沙漠中寻找古城遗址。曾经,人类用智慧、意志和力量短暂地征服沙漠,在荒漠中建造出自己的生存之所,文明得以传承。然而,在同大自然的对抗中,人类是渺小的。当沙漠风暴以它残酷的力量肆意践踏这文明的象征时,历史开始了新的叙写。在这片神奇诡秘的西域荒漠中,历史上有着无数的悲剧,然而,正是这些充满悲剧意味的断垣残壁,凝结着人类永恒的意志和对生命渴望的信念。(图9)

在我的丝路日记中记录着很多关于米兰古

在这片神奇诡秘的西域荒漠中，历史上有着无数的悲剧。然而，正是这些充满悲剧意味的断垣残壁，凝聚着人类永恒的意志和对生命渴望的信念。

图9 荒漠废墟

在这片神奇诡秘的西域荒漠中，历史上有着无数的悲剧，然而，正是这些充满悲剧意味的断垣残壁，凝聚着人类永恒的意志和对生命渴望的信念。

城、塔什库尔干古城、于阗古城、苏巴什古城、交河古城、高昌古城等的感想。"丝绸之路",犹如一根时间和空间的长线,将这片广袤荒漠的大地上所有的一切串成一部人类的历史,令人久久不能忘怀。

这就是我的"丝路"独游之旅,更是我人生历程中一次独特的体验。

二、神奇西域

曾几何时,我是那么向往夕阳底下的大漠荒野,那被沙漠和岁月侵蚀的古城废墟,那西域世界的神奇色彩,常在我的心头荡漾。我不顾一切只身踏上丝绸古道,沿着中路和南路,闯入被称为"死亡之海"的世界第二大流动沙漠——塔克拉玛干沙漠。

秋天的沙漠壮美秀丽。沐浴在薄阳下,脚下一高一低地踏着松软的细沙,微风在两耳间擦出阵阵悠长的声响,远方的地平线反射着晶亮的折光,天空显得出奇的蓝,一片祥和的气象。但是,一旦沙漠发怒,浑黄色的沙浪就会从远处天边滚滚而来，顷刻间，黄沙铺天盖地，不辨东西，人只得俯伏在地。当风暴过去，尘土落尽，又恢复先前的祥和模样，这时的沙漠世界完全属于我，它的美，它的静，以及它带给我的恐惧。

人类曾经用智慧、意志和力量在沙漠中建造出自己的文化象征，然而，当沙漠用它残暴的力量肆意践踏这些文明的象征时，历史只能重新叙写。汉唐曾显赫一时的楼兰国，像谜一样神秘消失，以至引发一次次近现代的楼兰探险。在这片神奇诡秘的西域荒漠中，无数悲剧意味的断垣残壁，呼唤我向它们靠近。

没找向导，没带相关资料，我出发了，我要寻找那神秘的且末古城。步出且末县城，往西南方向步行进入沙漠，我从望远镜中发现远处有一片干枯树枝，枝上搭着一个个黑幽幽的"鸟窝"，我不禁疑惑此处为何会有如此多的飞鸟，近前一看，吓得我起了一身鸡皮疙瘩。原来这里是一处墓地，每个墓堆上插着几根干树枝，搭在枝上的"鸟窝"其实是一束束头发，旁边还挂着招魂的"幡"，一片肃穆恐惧的气氛。我小心翼翼地在墓地里穿行，生怕在松软沙堆里踩到骨头或者尸体。前方传来一阵男人哭声，他是谁？他的爱人，他的孩子，还是他的父母葬在这里吗？只见他深深地伏在墓堆上，凄厉的哭声使树枝上长长的头发颤动着……（图10）

走出墓地后，我一次次用望远镜四处寻找，看到可疑之处就跑过去，但都不是我所要找寻的目标。最终，我迷失了方向。秋阳虽然不是很猛，但我觉得口干舌燥，此时，我才意识到在沙漠中水源的重要性。不知翻越了几座沙峰，当我爬上一处高高的沙峰峰脊时，眼前出现一片废墟，且末古城笼罩在红色的夕阳底下。岁月将这一堵堵土壁断墙消磨得难以辨认，唯有地上夹沙里若隐若现的陶片告诉后人这里曾是一处人类文明之所。一时间，我忘记自己是在寻找古城，遥望眼前无尽的沙漠，迷恋此处沙峰的凹凸曲线和细腻肌理，迷恋此地阳光照射在不同沙峰斜面上的变化和云影的微妙关系。

返回途中，路过一个处于沙漠边缘的村庄，村民纷纷跑来问我："找到金子没有？捡到金子了吧？"没有，但我捡到了比金子更宝贵的东西。

由于地处沙漠，这边房屋大多半埋在地下，这样既能有效地降低热量损失，又可以减少风沙的正面袭击。我们乘坐"大篷车"开进一个

图 10 沙漠墓地

在望远镜中发现远处有一片枯树林，树上挂着一个个黑团团的"鸟窝"。我跑近一看，起了一身的鸡皮疙瘩。原来这里是一处墓地，树枝上的"鸟窝"挂着一大束头发，同时还挂着招魂的"幡"，一片肃穆恐惧的气氛。

村庄,被主人邀请进入"半地下室"。主人很热情,给旅客们做维吾尔族人的特产羊肉手抓饭。全车的旅客只有我是汉族人,在这边远地区,当地人几乎不会讲普通话。我用微笑和手势同他们交流,很快就能沟通。羊肉抓饭很有味道,米饭淋上羊油变得透明柔脆,再放些萝卜去除羊膻味。大家用右手的三个指头,一捏一把地往嘴里塞,我也入乡随俗学了起来。

吃过饭,夜色已完全包围了这个沙漠世界,月亮圆圆地挂在弧形的地平线上,特别晶莹。风沙不大,一切显得很安静,有几分寒意。同车的乘客们点燃了篝火,在麻兜里掏出一只开水锅,烧起茶来,大家围在一块,边烤火取暖,边喝茶聊天。虽然我听不懂他们在谈什么,但能感觉他们聊得很开心,他们笑得很纯朴。最后,一个浓眉大眼大胡子的小伙子拍着手唱起歌,几个老汉也跟着哼了起来,深沉而富有力度的歌声在这广阔的沙漠上,在这寒静的月光下,不停回荡。第二天一早,我在梦中被唤醒,迷迷糊糊登上汽车,两束光柱和喇叭声划破清晨沙漠的宁静。目的地已经很近,我不明白为什么这么早就赶路。汽车摇摇晃晃,司机细心地避开路上一个个松软的沙坑,借着微弱的月光，模糊看见一道灰白的公路在荒漠中蜿蜒迂回。约半个小时，汽车停了下来，大家纷纷下车。天依然漆黑，四周到处是沙峰，只见人们往沙堆走去……后来我才明白，原来他们每天要做五次礼拜，第一次是在太阳出来之前。

神奇的西域，这里有喜怒无常的沙漠、历史悠久的古迹、沧桑的废墟，还有与这片土地结下不解之缘的热情戈壁滩人。

1988年12月于南京艺术学院

西海观晚霞记

　　黄山的西海是一个充满神话色彩的地方，这里到处都能听到关于仙人的神话故事，如仙人晒靴、仙人曝鞋、仙人观棋、仙人绣花。在岩石峭壁中注入如此之多的情思和遐想，衍生出众多稀奇古怪的传说，究竟是人多情，还是山川岩石多情？这些传说，在变化无穷的落霞之中显得愈加神秘，愈加新奇，引发更多的遐想。

远处吹来的山风将乌云吹散，下了一整天的大雨也终于停下来了。老松不停地抖落身上湿淋淋的水珠，落日也不甘寂寞，缓缓露出娇羞的面容，霎时，一片片晚霞宛如金黄色的锦缎，点缀着浩瀚的天空。我为突如其来的夕阳美景感到兴奋，为天空浮现的两道彩虹感到惊讶，情不自禁地奔向西海排云亭，这里除了是观赏日落的绝佳之处，还承载着我十二年前流连于此的诸多思绪。十二年前，我在这里观看日落，静静品味这里的晚霞。夕阳在这鬼斧神工的峭壁峰岩上变幻着绚丽的色彩和光怪陆离的云影，那完全不同于物理性质的色、光，更像是精灵的点染，每一片光影都幻化出无数的神话影像。十二年前，我坐在这里，看着导游手册，梦想着寻找这里的神话。转眼间，十二年就过去了，山川、岩石、故事一切依旧，虽然导游换了一个又一个，但那诱人的传说不断重复述说。太阳也没有变，依然是那样灿烂热情，山川、岩石没有变，依然是那样高耸陡峭。变化的是晚霞，是那晚霞中的云朵，色彩在变，形状在变，无穷无尽的美在变。

　　我变了吗？变了吧，十二年的时间让我变得沧桑。十二年，我从当初一个到处乱闯的小

图 11 黄山西海

黄山西海观晚霞记,一切在变与不变中。

男孩,变成了一个携着妻子瞻前顾后的中年男子。我变得越来越胖了,晚霞在我宽胖的身上顽皮地展示着它的多彩,一会儿橘红色,一会儿紫红色,一会儿又换成金黄色,一切就如同在神话中。可是,我的童心没有变,对美好的热情没有变,对事物的好奇心没有变,那股作出决定立马行动的冲劲也没有变。十二年前发生的事,历历在目,仿佛就在昨天。我为此感到欣慰。

人生的变化得失与大千世界的永恒与变幻有着千丝万缕的关系,每个生命都是大千世界的过客,在充满着神话的世界中徜徉。(图11)

1990年6月27日于黄山排云亭招待所

阳山的傍晚

  阳山县城位于粤北崇山中。这晚扶贫队的几个人在招待所房间外打扑克，他们的声音很嘈杂，气氛很热烈。我看不进书，也不想加入他们，想着如果现在有个听众，让我将今天发生的趣事与感受讲出来那该有多好。一个故事，一种娓娓道来的诉说，是对自己心灵的一次熏陶。于是，我提笔对着纸，将这样的经历与心事写了下来。

今年年初，我在广东画院工作，被指派到单位定点扶贫对象的粤北阳山螺山坪参加扶贫工作，还封了个"镇长助理"头衔。到了4月份，我被调到筹建开馆中的广东美术馆工作，因为老单位的扶贫任务是由省里报备，不能换人，因此我得两头兼顾，广东美术馆的筹备工作特别忙碌，常需两头奔波。今天，阳山这边的工作处理得差不多，我就想下午赶回广州去。

在路边等了好久，就是没有汽车过来。路边小店的人说，这里中午以后就很少有车辆过往，这片山区的公路严重堵车，在这一带出了名。多年来，路一直修不好，往往一堵就是几个甚至十来个小时。我想想，那还是算了，明天跟扶贫队一起走吧，不至于赶这半天。

我沿着山城的路慢悠悠地闲逛，这里没有比较突出的特点，房子是随处可见的土水泥楼，商店、酒楼、发廊这些服务场所和其他地区区别不大，商店里也是卖一些常用的生活用品，如毛巾、香皂、电器等。我努力想找出这里有别于他处的一些特点，走进农贸市场，连土特产都没有发现。一切都显得平常，平常得让你忘记是来到一个新的地方。

我慢悠悠地四处闲逛，不急不躁，没有噪

声的干扰,没有世俗工作的羁绊,别有一番风味。徐志摩特别赞赏这种独自的郊游,认为郊游不能结伴,尤其是女伴。想想也是,有个女伴,就完全是另一种心境。

在河边,我看见很多孩童脱光衣裤,光溜溜地钻进河里游泳,小时候我也是这样。在故乡的那段日子,天气炎热的时候,小朋友每天都会到河里玩耍几次,脱下衣服裤子随手丢在岸边,就往水里面跳。我家门口有个池塘,里面很多淤泥,玩的小朋友多了,闹的时间一长,塘水就被搅成泥浆一样,游完泳满身都是泥,活脱脱一个泥猴。流经村庄河流的下方有一片果林,一到挂果季节,总有一些果实垂向河边。有一次我游到果树底下,从水里跃起来偷摘番石榴,结果被果农发现,吼着向我扔石头,我急忙潜到水里。果农奈何不了我,便到家里告了一状,我刚到家就遭了一顿打。后来又偷过几次,仰卧在水面上,一边浮游,一边啃番石榴,虽然还没熟透,在当时也是一种非常惬意的享受。今天看到小孩子游泳,不禁触景生情,真想也脱了衣服跳进河里,玩个痛快。不过终究是想想罢了,毕竟已经长大成人,试想一个大人,还是省扶贫工作队的镇长助理,光着屁股跟小朋友在河里玩水战，成何体统。如今不能再像小时候那样无所顾忌了。

一路逛着，走到城郊北山。这里有一座古寺，名"北山古寺"，唐代韩愈也曾在此游玩。韩愈当年被贬为阳山县令，在这里一年多，做了不少有利于当地的事。

暮色苍茫，山上树木很浓密，一条山路蜿蜒而上，一阵静悄悄。我正为这难得的静谧感到心境安宁时，树丛深处传来一阵女孩的说笑声，如银铃般悦耳动听。傍晚时分，在这荒山野岭中通向古寺的山道上，听到女孩子的谈笑声很不协调，出乎意料。我心想难道是山城的女孩子兴致高雅，日暮时分到古寺山游玩还愿？又或者是仙姑一类的神仙正出来采摘鲜果？倘若是后者，我就太幸运了，能碰到与凡人不同的仙姑，再荣幸地得以交谈，岂不是人生最大的乐事，我虔诚地期待着。

银铃般的笑声渐行渐近，四个穿着浅溪水色宽衣的女性飘然而至，原来是四个年轻的尼姑。我急忙合掌致礼，她们先是一愣，见我合掌，连连发出一阵银铃般的笑声，便急匆匆从路边擦肩而过，消失在路的另一头。当我回过神来，她们已不见踪影，此时回忆她们的模样，除了记得光头,其他实在想不起来,印象里只有那飘逸的浅溪水色宽衣和银铃般的笑声。

我继续拾级而上,来到古寺。寺门前的平台院子中有一株"唐桂",从唐代生长至今已千年,实在难得。这"唐桂"与韩愈有没有关系,不得而知。庭院中种了不少桂树,地上落着一些桂花,点点白白,晚风吹来,桂香沁人心脾。

此时的山寺已经闭门,真遗憾!走这么远的路,虽说下次还可以再来,但现在已经来到山门前,如未能进到寺里去看个究竟,礼佛烧个香,心中不免有些怅然。我抓着寺门上的铜环轻轻敲着,敲击声清脆笃实,我不由想起"僧敲月下门"的情境,虽然我非僧,且此刻月也未上,但此景此情颇有些许意境。我期待出现佛门高僧慈祥厚实询问我来自何方的声音。

敲了一会儿,不见反应。我便重重地推了几下门。"谁?已经关门了,明天再来。"是先前那银铃般的声音。这激发我更想敲开寺门的决心。

"我来自广州,跑了好多路,专程来这里参观,时间很紧促,明天一早就要离开阳山……我是专门研究寺庙艺术的,想了解一下情况,只看一看就走，不会占用太多时间……请不要拒人千里之外，我是一心一意拜谒北山古寺的……"

"你是一个人吗？"她问。

"是的。"

门打开了，我说了很多声谢谢，并向她合掌。她轻轻说了声"随便看看"，然后转身而去，一下就不见人影。

北山古寺规模不小，曾有"南有南华禅寺，北有北山古寺"这样的描述。有一种说法，古寺创建于唐代中叶，原崇尚儒道两教。其实不然，据考证，北山古寺始建于明嘉靖年间（1522—1566年），后经多次修缮扩建。北山古寺坐落在贤令山中轴线，背依贤令山灵秀之气脉，胸揽北江碧绿之蜿蜒。凭临远眺，俯瞰阳山全城，景观壮阔。这应了一句古话"天下名山僧占多"。

不过，人生沧桑，岁月无情，时间长河中一切都不可抗拒。如今，古寺已败落不堪，一些热心人士和住寺僧人正努力倡议募捐资金装备，准备重建，再续辉煌。

辉煌与败落，都是世俗观念而已，心随云歇，大不必太过在意，顺其自然即可。

暮色中的颓败古寺，荒草无剪，断碑仆地，花果自落，鸟雀不惊，有种说不出的悲凉，只有那淡淡的檀香烟味，提醒我这是寺庙。我试图寻找木鱼和古钟，想听听晨钟暮鼓，听听敲木鱼诵经的声音。但似乎这里没有，处处都给人一种这里不是古寺而是山居的感觉。

我参观了一阵，准备告辞离去。小尼姑来到门边送行，我想应该能看清她的样貌了吧。

我掏出20元捐给古寺用于重修，小尼姑拿出一本名册让我签名。此时，我终于看清她的样子，很清秀，五官长得十分端庄，很漂亮伶俐，她对人也很有礼貌。我对尼姑的概念和印象，是中老年的样子，以前也只见过中老年尼姑，但像眼前这类20出头年纪轻轻的漂亮尼姑，我还是第一次看见。我问她："这里住的都是尼姑吗？"

"不，也有和尚，但现在和尚越来越少，和尚住一阵都跑了。"

"你为什么来做尼姑呢？"

"可以说是一种职业吧。"

"觉得山中的生活好吗？"

"挺清静的，也习惯了。"

我又问她这寺与韩愈有什么关系，这古寺

的历史如何等，但她都说不知道，我想她甚至都不知道韩愈是什么人……

天色渐暗，该告辞了。我走出寺门，寺门"欸乃"一声轻轻地关上了。漫步在门前庭院的桂花树下，我找了块石头凳子坐了下来，细细回味这次似梦似幻的经历。（图12）

远远望去，山下的阳山城已经灯火通明，与漆黑静谧的古寺形成鲜明的对比，恍如两个完全不同的世界。

1996年6月18日于粤北阳山

图 12　阳山傍晚

阳山的傍晚

我走出山寺门，寺门"欸乃"一声又轻轻关上了。我漫步在门前庭院的桂花树下，找了块石子（头）椅（凳）子安静坐了下来，细细回味这似梦似幻的一切。

在澳大利亚的腹地

2003 年 5 月 10 日

    今天将前往布罗肯希尔 (Broken Hill) 中部，单程 1000 多公里，中途停宿一座小镇。直到出发时，帕拉和丁·维拉才跟我说，到布罗肯希尔之后还要在外露营，已带上睡袋，夜晚可能会有蜥蜴过来一起睡，它会用长长的舌头舔我的脸，让我无须惊慌，用木棍轻轻将它赶开即可，不要伤它。我说蜥蜴没牙齿，不会伤人，我抱着它睡觉。他说不行，大蜥蜴会将我吞进肚子，到时他们只能用刀将蜥蜴肚子剖开，再将我拉出来。我说这真像行为艺术。

中午，越过 1150 米的蓝山（Blue Mountains），蓝山的地貌特征和美国大峡谷相像，很壮观，树林也很茂密，因为这里树林里的水分蒸发时会形成一种蓝色的雾，山体呈现蓝色，故名蓝山。

路上风景较平常，我们没做过多停留，一直赶路。晚上 8 点左右到达我们中途所要停宿的小镇。那里有汽车旅店，我们放好行李，出去吃了一顿泰国菜，又到军人俱乐部喝啤酒听唱歌，一些中老年男女跳迪斯科，虽然跳得有些难看，但他们跳得很自信，玩得很疯狂。

2003 年 5 月 11 日

一早就上路，自驾车旅行很有意思，行李装上车，说走就走，今天得赶 758 公里的路程。

开出小镇，澳大利亚中部的平原景象呈现在眼前。一片荒凉的土地与四处杂乱的丛林，丛林中苍白的枯木与茂密的树林形成鲜明的对比。很多动植物在此繁衍生息，地上有山羊、袋鼠、鸵鸟、绵羊这些体型较大的动物，小的不知躲在何处。空中有乱飞的乌鸦、高飞的老鹰，还有叫不出名的群鸟。生存的同时也伴随着死亡，荒野里散落很多动物尸体，乌鸦乱扯着，狐狸也来争食。一方面是生命的旺盛、倔强，另一方面是生命的苍凉、枯荣，苍凉是因为有旺盛的对比，而对比与并列是这个世界的普遍现象，有时觉得生命就应该燃烧，而耗尽也是一种美，燃烧过后再孕育新的生命。在自然现象中一切都显得平常，仿佛生生死死都是一个个平淡的故事。这一带是澳大利亚中部，有些像美国西部，绵延几百公里的荒地，红色的泥土。起初天气晴朗，天空一片湛蓝。不多时，狂风吹起，地上红色的泥土四处飞舞。上空飘来阵阵乌云，下了雨，灰蒙蒙的雨像刷子刷下来一样，无尽的雨幕向天边延伸。

　　据说这里已有近200年不曾下雨，可说是百年不遇的干旱，许多草地都干枯了，牧民骑着越野大摩托，驱赶牛群四处寻找点滴绿色的草木。说来也怪，我们今天到达布罗肯希尔时，忽然下雨了，雨还下得很大，他们说是我带来的好运。

布罗肯希尔是一个矿区中心镇，150年前在这里发现有矿脉之后就发展起来。这里主要出产银，可以想象，在出产金银的地方，一定会有许多动人心魄的故事。

这里也是澳大利亚特色艺术的发源地，许多艺术家出生于这里或来到这里感受中部澳大利亚的人文特点，探索摆脱欧洲殖民影响的真正的澳大利亚艺术。澳大利亚艺术具有多彩、狂放等特点，善于描述普通人的生活，很受澳大利亚普通人欢迎。今天我们将拜访这里著名的艺术家丁·维拉，他是美术馆馆长，澳大利亚本地人，生于斯长于斯。

晚上，我们一起到街上酒吧喝啤酒，啤酒度数比我想象的低些，有一些西部口味，现在人们都追求现代生活，烈酒还是喝得比较少。这里的酒吧挺有意思，我看到一座酒吧的墙壁和天花板画满色彩，交谈了解画的是澳大利亚的风景和历史。

回到住所，手机没电了，插座对不上号，这里的商店星期天都关门，买不到转换器，急死人。后来用了一个歪办法，用热水壶的接口，终于成功地充上电，松了口气，感觉世界因为手机的存在变小了一样。

2003年5月12日

今天，雨下个不停，而且有越下越大的趋势。丁·维拉跟我说如果雨一直下，明天去沙漠和土著人居住区的计划就要落空，那边的泥泞路会使车陷下去，无法弹动，也可能封路回不来。这很糟糕！原计划明天到200多公里外的沙漠用睡袋夜宿，后天先去沙漠走走，晚上再到土著人居住区（已办了通行和访问证，因政府控制不让一般游客随便到土著人的生存地，怕影响他们的正常生活和文化独立）。与土著人一起篝火歌舞野营，大后天即周四回布罗肯希尔，当天动身前往悉尼，周五抵达。这样一直下雨，计划有些乱。但愿明天能有个晴天，不过晴天也可能无法过去。

计划与现实相悖，实在有些扫兴，但回头一想，这一带多年没下过雨，政府已叫人少洗澡，不要浇花。今天终于下雨了，这是件有福气的事，不该扫兴和后悔。每当我要做大事的时候，总要下雨，但后来事也不耽误，办成了。没想到将这种特点也带到了澳大利亚。记得拜访澳大利亚举足轻重的画家普罗·哈特（Pro Hart）时，他的第一句话就是："我会记住你的，你给我们带来了雨。"真有意思！

　　上午我们去了小镇矿区，下到矿井里参观。我们全副武装，帽、衣、皮带、电池、灯等，工具、穿戴都比较齐全，像模像样地坐矿车下井，很有体验感。带我们参观的矿工用英语不停地介绍情况，同时操作机器演示给我们看，很多我都听不懂，只能简单感受一番。他们这种参观方式，很注重知识性和体验感，一方面向客人介绍矿工的工作条件，另一方面也强调相互交流，详细解答客人提出的问题。从矿井上来，我们参观了博物馆。说是博物馆，还不如说是纪念碑或纪念馆。整个设计很感人，渐渐引导人们走进缅怀之地。沿着长长的栏杆和行道往上行走，穿过用几块褐铁色夹板连着的矿井通道走到尽头，那里就是博物馆。这里镌刻着150年来整个矿区因事故死亡的人员名单，有死亡时间和原因，边上还留有空间给人们插鲜花缅怀。纪念馆建在矿区山顶上，边上还建有一座设计独特的咖啡厅。在山顶俯瞰布罗肯希尔这座小镇，心里不由得感慨社会生活与经济发展相辅相成的关系，小镇因这些艰苦的工作而诞生并持续发展，而这些工作又因为小镇的存在而变得充满意义、温馨且令人自豪。

晚上在丁·维拉的哥哥家吃烧肉，他文质彬彬，颇为讲究且有品位，是矿区的司机，由于矿区经营改变，他已失业6个月，靠领取政府津贴（每周有100多澳币）生活，很自信乐观。他的家很漂亮，很整洁，室内物品陈设得很好，花园也不小。他有两个女儿，都上大学了，在照片上看到她们很漂亮，穿着时髦，像电影明星，跟我们上午看到的矿工完全就是两类人。

下午拜访这里的两位画家。一位是土著人画家杰夫，他娶了一位漂亮的太太，女儿在音乐学院学音乐，很有发展前途。他除了作画，还创作木雕、石雕等，他的作品带有土著文化的一些特点，当然也包括缺点，我感觉不太完整。冒雨到街上看了他为城市画的一组壁画，内容与小城有关，挺有意思；另一个是普罗·哈特，他身上有浓厚的艺术家气质，今年大概70多岁。普罗·哈特画得不错，可以说是我遇见的澳大利亚最有成就的艺术家之一，据说他在商业艺术方面非常成功。奇怪的是尚未有博物馆接受他，目前有一所大学正在做他的成就回顾展。

他是典型的澳大利亚人，家不大，难以想象的杂和乱，猫、狗乱跑，杂物堆成一片。当他儿子带我们进门,我看见小门上写着一些与猫狗有关的字,还以为是猫狗出入的门,但后来发现这就是他家唯一的门。他家里实在太乱太拥挤了,有很多收藏品、几台管风琴、旧的意大利镶嵌画的门等等,基本是乱收。绘画除了他的作品外,还有很多别人的。

他的画室更不可思议,一条两米宽、四米长的窄道,里面堆满各种机器、射灯、颜料和工具,他就挤在这样的空间作画。他是一位多才多艺的艺术家,作品很干练、幽默又有生活气息,在国外名气不小。他创作手法超绝,以"爆炸颜料"著称,在日本展览时用手枪和炸药炸颜料,还曾租用直升机从空中炸颜料下来作画。难以理解这样大手笔的艺术家却是在这样一个小空间、小地方生活。在他家旁边有一个很大的个人美术馆,三层楼。馆内建有花园,花园里陈列着他的雕塑。美术馆收藏了上千张作品,有他的,也有他的藏品,包括澳大利亚一些重要艺术家和一些欧洲古典主义的作品。更有意思的是他院子里停了三四辆劳斯莱斯房车,很显气派。

普罗·哈特很有现代经营意识,他学艺术的儿子做他的经纪人。他儿子还有成套的铜版、丝版及电脑等设备,将普罗·哈特的画做成钢版、丝版等类型的画,做得很精美,版画也成了他的一大项目。

老人家很谦虚,也很随和,天黑了,雨下得很大,他仍送我们到大门外,依依话别。

2003年5月13日

昨夜好像没有淅淅沥沥地下雨,一大早就起来看天,晴天,希望能去沙漠和土著人居住区。但帕拉和丁·维拉都说去不了,外面的路都是泥泞,轮胎驶过粘上泥巴会越滚越大,一会儿就开不动,好吧,只能听天由命另做打算。

与小镇美术馆馆长约好见面,馆长叫杰姬·赫姆斯利(Jacqui Hemsley),她大学专业是会计、美术史以及美术管理,硕士毕业生,知识结构很适合做美术馆管理之类的工作。她昨天刚从美国回来。本以为在一个边远的小地方,美术馆算不了什么,但一看到该馆的一年计划后,我知道错了。相当不俗!有关注中国当代艺术的"上海之星",也有安迪·沃霍尔等人的作品。小镇美术馆馆长的职位经过申请,考核通过后由国家美术馆系统任命。杰姬·赫姆斯利原在东海岸一家美术馆工作,知道这里的馆长职位空缺,她就申请然后被任命。她很有干劲,思想也较前卫,这里的市长对她有看法,但无能为力,因为她的上任及调动直接由国家美术馆系统管控。这个美术馆日常经费来源于地方政府,主要的活动项目经费则向国家申请。美术馆地处小镇中部,主要收藏澳大利亚本地的艺术品,策划也是趋向于本土方向宣传。该馆藏品不多,只有1500件左右,是一座较集中展示澳大利亚内地艺术家作品的美术馆。该馆目前有一藏品在美国巡回展出。馆长说她从美国展巡回来,深感这里的古老和闭塞,想尽快离开这里。

接近中午,天气很好,丁·维拉和帕拉商量,争取带我去沙漠那一带走走,明天出发,我点头同意,决定将悉尼停留一天的计划去掉用在这里,毕竟这里很难得来一趟。丁·维拉给警察局打电话,了解到路况还是较乐观的。但愿今天和明天都不要下雨,让路晾干一点。

我们开车在西弗敦(Silverton)参观并准备吃饭。这里是这一带最早的矿区,很有西部味,荒凉、古老、野性。我们到了一个酒吧喝酒及吃午餐，酒吧中贴满照片，好莱坞一些西部片或科幻片都是在这里取景、拍摄。这里有矿区博物馆，可能由原本的管理区房子改造而成，建成的博物馆还保留了原来的一些功能区，除了办公外，还有厨房、医院、托儿所、监狱及罪犯活动场所等，挺有意思。这里保留并陈列了矿区留下的一些文物和用品，这些东西虽然看起来很简单，但是很有历史感和纪念价值。

午餐后，我们又到沙漠奇观（Living Desert）雕塑区参观，没想到雕塑区建立在一片荒凉的山顶，汽车只能到山脚，我们只能停车走上去。荒凉的道路上，乱石、枯树散落，还有成群的苍蝇四处飞舞，很难走的，但是指示牌做得很精致。保留山路原本的样子是为了让旅客体验中部荒山野地的感觉，标识牌让这种体验更加方便简洁，这种构思很好，很人性化。翻过几个山坡到达山顶，这里有12座雕塑，由从世界各地邀请来的艺术家雕刻而成。雕塑的石料从别处运来，很大。据说由于经费短缺，邀请的艺术家不是很有名，只花费六个星期就将这些雕塑完成，很粗糙，不太理想。我想，在一片荒凉的地方放置艺术品，既要粗犷但也要精细，才能显示出艺术与自然的对比、协调关系。

从山顶下来,我们去拜访了杰夫和他太太,他们两人都是混血儿。晚上,大家一起到一间比较古老的酒吧吃饭喝酒。杰夫的父亲在土著人居住区开一个修理厂,杰夫从小就在土著人中长大,性格、感情比较偏向底层土著人。当我们走进酒吧,很多老头都高兴地跟他打招呼,他说其中一个大胡子是这一带的头,可能是黑帮性质那种。我跟杰夫太太用英语愉快地聊天。她的故乡南非很漂亮,由于种族问题她被迫远离家乡,来到这里。澳大利亚没有太大的种族歧视,大家也不太关心种族问题,整天就是喝酒,于是她留了下来,后来与杰夫相识并结合在一起。她喜欢各种文化,想发现它们之间的不同。她很喜欢中国,觉得中国有独特而深厚的文化底蕴,渴望有时间到中国游玩。跟她谈话,我发现她不同于澳大利亚本地人,她文雅且很有自己的想法。她还说,在南非有很多中国人,他们很聪明很能干,但是只知道干活、赚钱,较少享受、娱乐。

帕拉说杰夫的女儿长得很漂亮,现在国家歌舞学院学习,以后可能会成为很有名的演员。

晚上看了天气预报,他俩决定明天不去沙

漠和土著人居住区,那里也危险,随后他们跟我讲了很多曾发生的危险事。一个地方有一个地方的特点,客随主便,听他们的。

2003年5月14日

　　一大早,满天是雾,又是一个坏天气,我收拾行装准备回程。
　　先到城里几个放有普罗·哈特雕塑的地方看看。普罗·哈特是位非同凡响的艺术家,他那件放在火车博物馆附近的雕塑,是一个硕大的黑色铁蚂蚁,放在一个大木架上,与后面的矿区井架呼应,显得很有力量也很有纪念意义。他用蚂蚁比喻矿工,在地下默默无闻地挖掘,不停劳作,这个比喻对我启发很大,很有象征意义。我想,广州人是不是有点像蜜蜂,到处搜寻花朵,忙碌不停,还有像蜂窝一样拥挤但有序的生活区域,我应该去寻找这种感觉和象征。
　　走进一位土著人开的店,这里既是美术馆也兼商店,外观看起来很平常,但里面的空间布局处理得很好。在澳大利亚,土著人的事由土著人自己来管,就像先前我们要到土著人区,帕拉向土著人居住区的管理者报告,征得他们同意后我们才能前往。本地相关管理规定,土著人生活不准随便被干扰,不能变成旅游点,要保存土著文化的完整性。这个美术馆由土著人自己管理,这里的一切,包括艺术品和一些手工制作都出自土著艺术家之手,他们请来一些土著艺术家在这里生活、工作一段时间,发给他们每人200元,做出来的艺术品留在这里展览和销售,售出后再分成。这座美术馆的展出空间很大,管理人员向我们介绍了一些主要作品的寓意和许多土著人的神话传说,其中一个故事挺有意思:传说这里有很多白鸽,它们要飞到东海岸去,一路上恶鹰不断地袭击它们,它们的鲜血滴在了这片土地上,土地变成红色,鲜血变成矿产……

接近中午,我和帕拉告别了丁·维拉,上路返程了。一路上都是红土地,远处地平线上枯荣自在的树林若隐若现,原野上的白骨与乌鸦的狂叫形成鲜明的对比。路上碰到一辆陷进路边泥泞的车,我们停车,帮忙拉车,另一辆路过的车也停下来帮忙,走下来一位70岁左右的老人,佝偻着腰,他很热心和善良,执意要帮忙，一边找绳子，一边指挥众人。在一片几百里不见人家的荒野之地，在路上有困难，大家互相帮忙，很感人。我想，如果这个世界大家都能互相帮助，互相感激，互有良心，岂不是都活得很舒畅吗？最怕的就是尔虞我诈，互相提防和打击。

　　在拉车过程中，我发现土地确实很松软，脚一踩都有点陷进去，更何况车子，这片土地真的很特别。

　　没多久，车子被拉了起来，我们上车继续赶路，一路上放着音乐，音乐很动情，听得有点要流泪，望着车外苍凉而广袤的原野，人生的感慨油然而生。

　　跑了700多公里，于晚上9点左右到达途中的一个汽车旅馆，此时几乎已经没有东西可吃，只在加油站买了几个苹果充饥。外面下着雨，很累，虽然心里有很多念想，还是强迫自己快点入睡，明天再有半天的车程就回到悉尼。

　　终于结束了这一段旅程，虽然没有完全达成原先预定计划，但是收获却远远超出我的想象。

爱丁堡看戏剧

2011 年 8 月 20 日
广州 – 伦敦 – 爱丁堡

　　这是我第二次去爱丁堡，第一次是 2008 年，大概 6 月份的时候。当时大型摄影展——"中国人本：纪实在当代"在爱丁堡美术馆展出，那也是爱丁堡艺术节的前奏，很热闹。这个城市及爱丁堡这个名字给我的印象是浪漫、温馨、典雅等,单从字面意思来看,"爱"与情有关,而"堡"与家、城堡等联系起来。爱丁堡是一个文化、历史气息很浓的地方,这里有很多关于爱的传说。这次可以说是故地重游,但我的心境似乎与以前大不一样,没有很大的冲动,也没有很多的幻想。这次爱丁堡艺术节,据说有不少的展览和戏剧表演,相比以往更加狂欢,我迫不及待想切身感受一番。

飞机经过10个小时的飞行,于伦敦时间下午3点到达伦敦机场。折腾了一个多小时还没通过海关,一会儿在左边排队,一会儿又让到右边排队,检查器特别敏感,到处都响,安检如临大敌,查了老半天。当我去拿通过安检的随身行李时,检查发现笔记本电脑和平板电脑都不见了,我责问他们,过了一会儿,不知他们在哪里找到了我的平板电脑,但笔记本电脑还是没有找到,我说笔记本电脑对我很重要,他们又去寻找,又不知从哪摸出笔记本电脑,真的莫名其妙!好在东西都找回来了,我脱口说了"谢谢"!但我寻思,谢他们什么?本来就不应该发生这些事。

在伦敦机场要等4个小时,过海关就花掉了近两个小时。在机场到处逛逛,我已经来过好多次这个机场,一些地方、情境都似曾相识,不过其实所有去过的机场都给我一样的熟悉感:同样的名品店、同样的商品、同样的香水味、同样的各色各样人,熙熙攘攘。这就是"国际""世界"。

登上飞往爱丁堡的飞机,飞向浪漫之城。

2011年8月21日
爱丁堡

昨夜10点多钟才达到提前预订好的酒店,发现这座酒店我2008年曾住过,不知房间是不是也恰巧相同,窗户朝向、所见的景色会不会一样。记忆已经有些模糊了,但故地重游,我想记忆之门会慢慢重启。

因为时差的关系,我很早就醒了过来,窗外朦胧的夜光笼罩,远处隐隐约约传来海鸥的叫声。爱丁堡是接近大海的城堡,站在城市的制高点可以看到两边包围的大海。海鸥的叫声随着天色渐亮多了起来,它们也醒了,在礁石上跳着、叫着,在海面上自由自在地飞翔。此情此景,我想到了很多,中国古代诗人经常用

"天地一沙鸥"来表达自己高邈自由的心态和理想,此刻的我,也深怀一种邈远的心思。

拿到一大沓爱丁堡艺术节的资料,我慢慢研究了起来。从资料中就可以看出这次艺术节无论是组织、规模、条理还是影响力等各方面都有惊人之处:几千部戏剧、音乐会,细分为"话剧""音乐剧""歌剧""舞蹈剧""音乐表演"等,还有活动、展览等。

今天是星期天,天气不错,前一阵老下雨,今天偶尔还有阳光,很凉爽。街上到处是人,有表演者、有观看者、有做广告的、有派传单的、有演讲的、有朗诵诗歌的、有化装的,也有无所事事的,真有意思。我觉得西方人性格较开朗、自在,他们在街上表演很即兴很轻松,就像玩一样。人们化装也同样如此,有的为表演而化装,更多的是为吸引别人领取他们的宣传页而化装,宣传页是他们在各个演出点表演的介绍或其他,他们很卖力也很自信地向街上的人推销他们的节目。我在排长队订购演出票时,不断碰到穿着很有意思的"艺术家"或"表演者"过来派发宣传资料,很热情仔细地向我介绍他们的节目,有时还会对着我唱上一段,这种感觉真奇妙!他们在街上随便站好,就可以表演、演讲、朗诵，一下子就会围上很多人，表演者的表演欲很强，我外语不好，没听懂多少，但是觉得这种气氛很阳光，大家都很自在、很卖力地表达，也无所顾忌地锻炼及表现自己。

爱丁堡艺术节是一个让人可以锻炼才能、展示才能、发现才能的地方。因此，每年都有无数的个人和团队自费前来参加，数千个表演团队，数不清的个人，人山人海，一片热闹的气氛。我观察了下，街头的表演者好像也有报名和发证的环节，表演者胸前都戴着参加艺术节的标牌。

这是一个繁华、阳光的城市，这是一个与戏剧紧密联系的浪漫、多彩季节。在爱丁堡某个偏僻的街道或某堵古老石头墙的后面会忽然传出几声声嘶力竭的尖叫，或一段荡气回肠的歌唱，在广场，在街边，一大堆人会坐下，喝着啤酒晒着太阳，聚精会神地投入一群奇装异服或风度翩翩的老男人的勃发诗兴中。他们的诗歌朗诵对我来说有隔世之感！我不禁疑惑为何会有这么多的戏剧在这里自在地呈现，也疑惑为何会有如此之多的人去看戏剧表演。这是英国人在拼命地维护他们的戏剧文化传统，还

是戏剧的文化传统、戏剧的浪漫情怀已经成为英国人血液中的一部分?（图13）

今天我观看了两场表演，共花费17英镑，对英国人来讲，这是很少的钱。一场是现代表演剧《今天是统一日》(It's Uniformation Day)。观看地点是在一个叫罗克西动物园(Zoo Roxy)的小剧场中心，从他们印出来的节目排期表看，这里一年四季，几乎每天都有不下十场的戏剧演出。这个小剧场只是爱丁堡这里众多剧场中的一个，剧场很简陋，甚至可以说有些破烂，但是节目单、预告册、排期表、灯光、音响等都特别专业，节目效果让人感觉很有分量、很有探索性，也很国际化。

《今天是统一日》的大致内容是：一架载人火箭在飞向太空的中途失控，火箭上的人类无奈和恐惧，在火箭即将毁灭时，期待"上帝"可能的救援"指令"，但"指令"却毫无意义，人类在等待、彷徨、无助、空虚、焦虑、疯狂中毁灭！很感人！只有3个演员，简单而粗糙的道具和背景，观众也只有17位。不过，观众也是演员，当你走进剧场，你就被告知将代入角色，演员会到观众席来聊天，请你上舞台参与节目，最后观众也作为舞台上的"人类"

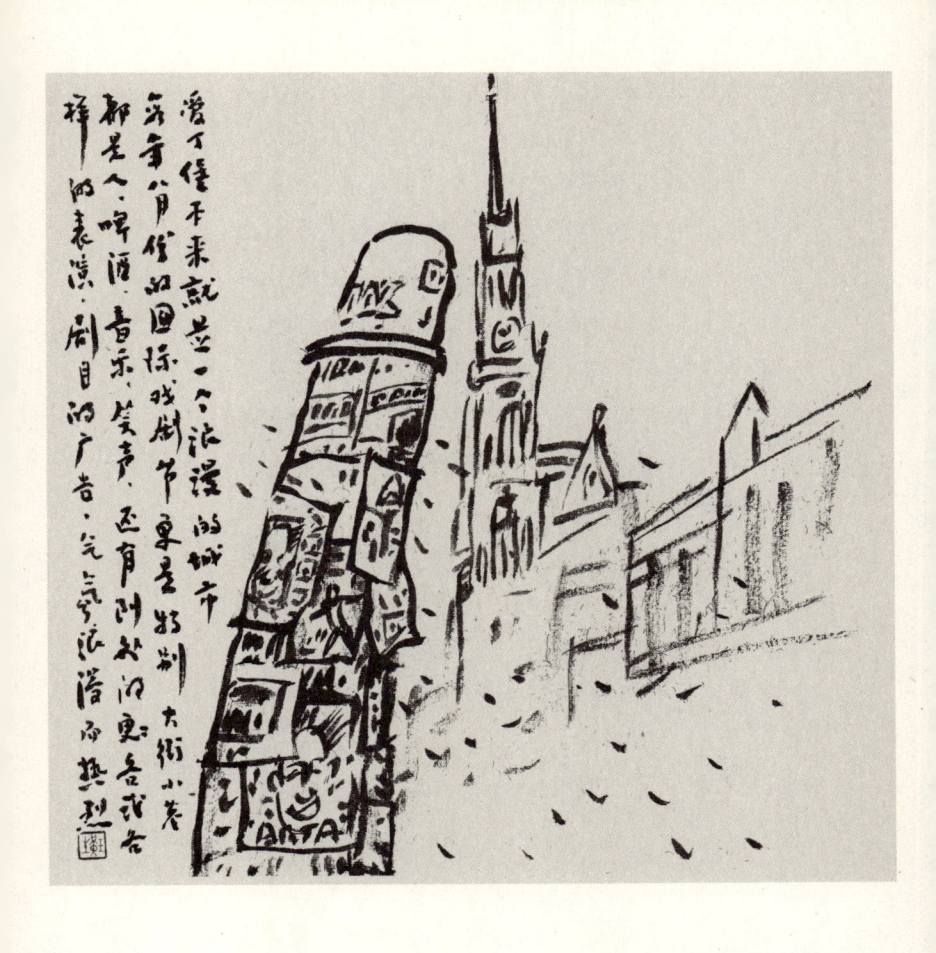

图 13　爱丁堡戏剧节
爱丁堡本来就是一个浪漫的城市，每年八月份的国际戏剧节更是特别，大街小巷都是人，啤酒、音乐、笑声，还有到处各式各样的表演，剧目的广告，气氛浪漫而热烈。

这一角色的一部分，逃离或毁灭！

晚上到另外一个临时改造的小剧场。表演的节目是现代舞《掌握》（Hold），两个女舞者用舞蹈语言表达"三分之二的天空"（Two Thirds Sky），舞蹈的表述有不少的新意，向人传达人与人之间的对抗、亲昵、暧昧、挣扎，外部世界与自己内心的情意等，还可以，虽然表演得比下午那场好，观众也比较多，约有50人，但是令人深思回味的寓意少了些，代入感就更不用说。

下午还参观了一个创建于1826年的关于医疗历史的学院博物馆，看完对科学家有深深的崇敬感，他们为了克服人类的疾病和缺陷，倾其智慧，呕心沥血，奉献终生！

2011年8月22日
爱丁堡

王纯杰兄昨晚到，他是以上海喜玛拉雅美术馆执行馆长的名义前往，与英国艺术节执行总监谈TONY CRAGG展览（托尼·克拉格展览）明年的中国巡回展。王兄曾任香港艺术发展局视觉艺术委员会主席，任职期间努力推动香港的当代民间艺术发展，与我有不少的往来和合作。特别是第一届广州三年展，我们一起进行港澳穗三地艺术合作的构想和行动。第一届广州三年展的一些论坛在香港举行，得到香港艺术发展局的资金支持，此后的两届广州三年展我俩都有合作，也得到香港方面的支持，而且支持力度越来越大，这与王兄当年主持工作时的努力和见识有直接关系。后来王兄卸任了，回到珠海的北京师范大学创办国际传媒设计学院，也召集了一些国内当代艺术家执教，但是校方好像不太满意，再加上内部人事矛盾，他也离开了学院。王兄是上海人，听说加入了筹建中的喜玛拉雅文化中心，他希望在上海继续开展办学教育活动，最近被任命为即将成立的喜玛拉雅美术馆执行馆长。喜玛拉雅美术馆是一家民营机构，董事长有极大的权力，王兄能否较好地发挥其个人的能力和作用，还得看看。目前，我们之间已在探讨一些合作项目，包括博伊斯的展览等。

我们上午一起参观了爱丁堡的艺术中心，2008年我做的大型摄影展——"中国人本：纪实在当代"就在这里展出。我对这里的物理空间很熟悉，感觉很亲切，只是人与物都发生了变化。现在这里展出的是大卫·马赫（David Mach）的个人展览，展览的副标题是"来自圣经……"，其作品以现代的图像剪辑、拼贴来诠释《圣经》的故事，形成一种现代视觉冲击力很强的新图像。这种剪辑、拼贴工作量很大，作品的数量也很多，视觉力量很强，这一切的观念来自西方人的文化根源——《圣经》文化。展览很精彩，对我也很有启发！大卫·马赫还设了一个工作室在展厅里，他和一帮工作人员现场创作新作品，其收集的图像资料数以万计，也都在现场。我们与大卫·马赫聊了一阵，他说现在正与中国国家大剧院谈他的展览事宜。

今天去英国文化处办事处换艺术节票券，被搅乱了心情。下午，我与王纯杰急匆匆跑去看演出，却撞上了与昨天一样的演出。于是，我们跑了老半天的路去英国文化处办事处换票，填写表格等，折腾了大半天，最后才被告知他们已关门——这时还不到5点。真是岂有此理！当地政府官方就是这样办事的吗？而且换票只能是换第二天的票，明天来的话，只能换后天的票，而后天我们都回去了。英国文化处处理事务的一些细节真让人不敢恭维。

无奈，我们又看了一遍《今天是统一日》，还好，这个戏还是比较耐人寻味，观众参与入戏就是不一样，微妙的心理及变化很有意思。

晚上我们吃了一顿中国大餐，口味不错，之后看了一场喜剧闹剧，题目是《意大利同性恋的婚礼》，观众很多，有一百来人，大家看得很开心。我们两个因为英语不好，听不太懂，加上剧场人多闷热，没一会儿就犯困想睡，但我们还是坚持到演出最后，与大家一起长时间热烈地鼓掌！

深夜照样有很多人在街上，还有一些街头表演，剧场的表演有时也持续到下半夜，真是一种文化的疯狂或者说是文化的狂欢！

2011年8月23日
爱丁堡

今天在爱丁堡的主要工作是参观TONY CRAGG展览及商谈相关展览在中国巡展的问题。参与人员有苏格兰国家美术馆现当代艺术馆长西蒙·格罗姆 (Simon Groom)、英国文化年艺术总监戴维·埃利奥特 (David Elliott)、

TONY CRAGG 展览和苏格兰国家美术馆策展人帕特里克·埃利奥特（Patrick Elliott）、托尼·克拉格（Tony Cragg）的经纪人罗莎·M. 雷戈（Rosa M. Rego）、王纯杰和我，另外还有一些处理现场事务的工作人员。

　　托尼·克拉格是一个现当代艺术的老前辈。1949年出生，现在是德国杜塞尔多夫艺术学院教授。托尼·克拉格在20世纪六七十年代就深受大众关注，他当时使用现成品或废弃材料创作作品，如塑料、轮胎、汽车配件、玻璃瓶等，这次在苏格兰国家美术馆的展品主要是他20世纪90年代以后转型创作的新作品，这些作品延续了他对材料和形状的观念及工艺的认识，同时也体现了他从小对科学技术及科学理性的钟爱，重视工艺技术与观念之间的关系。他的很多作品由一个或多个形状（如人的脸、头或现实中的瓶瓶罐罐等）构成，通过电脑技术进行扭动、拉扯、挤压等变形处理，然后经过技术考量和手工制作完成。在这一过程中，他融入了自己对世界和物体的看法，并通过这些观念来改变人们观看世界的态度，同时他也强调技术的难度和材料特性的美感。我不怎么欣赏他近期的作品，技术和工艺的考量太多，观念过于简单化，作品也显得太理性。因此在 TONY CRAGG 中国巡展的策划上，我要求增加他过去的一些重要作品，减少某些带有重复感的新作品，整个展览预计展出约 40 件雕塑装置作品和 50 件与创作相关的素描草图作品，应该会取得不错的效果。

苏格兰国家美术馆共有三个馆区，一是国家馆区，二是肖像馆区，三是现当代馆区。我们的会谈地点就是国家美术馆的现当代馆区。这里馆舍及展出空间不大，不太适合当代艺术的展出，但是户外空间很大很精彩，因此有一些户外雕塑、大地艺术等。2008 年我来参观时，对这里的户外空间印象特深。

傍晚我们看了一场演出，是音乐剧，题目是《一个父亲和两个儿子》（或者译为《将军和儿子》）。内容积极向上，有"唱红歌"的感觉，情节很感人，场面、舞台、光影、音乐及表演都很精彩，由于语言的关系，看得不怎么明白，我特别想了解他们这些正面教育题材的作品，在细节上是否有很多说教痕迹和概念化处理。现在还不得而知，但是从场面上我有很多感受和联想。剧情很简单：将军有两个儿子，大儿子在军队服役，还当了个小头目，一身正气的正面形象，小儿子从小就娇生惯养，父母有求必应，13岁时让父母给他买吉他学乐理，坚持不了半途而废。他整天无所事事，还吸毒，女友也因吸毒过量致死，他被判入狱14个月。作为将军的父亲在两个儿子之间表现出正气、调和、怜悯、亲情、忏悔等。故事结尾，大儿子没有原谅父亲，自愿去阿富汗执勤了。

晚上我们在这里的大剧院听了一场交响音乐会，无论是管弦乐还是声乐，音调都抑扬顿挫，震撼心灵。我特别喜欢的斯特拉文斯基作品《春之祭》也有演出，似乎有所改编，多了很多半音，让人产生更多的不确定感，显得更有迷离美。从观众席中一眼望去，多数是白发老者，剧院里设有专门的空间为坐轮椅者提供方便。

又是这样美妙的一天。

2011年8月24日
爱丁堡

今天自由活动，我一大早就起来研究今天艺术节的活动内容，想多看看演出。

我发现，爱丁堡的艺术节其实包含了好几个"节"，有爱丁堡国际艺术节 (Edinburgh International Festival)、爱丁堡艺术节 (Edinburgh Art Festival)、爱丁堡国际图书节 (Edinburgh International Book Festival)、爱丁堡边缘艺术节 (Edinburgh Festival Fringe) 等等，我手头所拿这本厚厚的节目排期介绍表，只是爱丁堡艺术节其中的一部分，一本册子的内容已经让我惊讶不已，更何况其他。我已经喜欢上爱丁堡艺术节和这个文化味这么浓的城市！

每年这个时候，很多来自世界各地的艺术家、表演者及文化爱好者到此交流，感受各种艺术文化气氛。这个城市不大，由于活动太多，有些表演场所门挨门，可见大家都有艺术表现的欲望和对文化选择的自由权。在这里，人们几乎是沉浸在一种"人生如戏，戏如人生"的境界之中，表演者、观看者，台上台下，仿佛浑然一体；大街上、咖啡厅里，随处可见化了装的表演者。这种将舞台、观众席、观众参与性表演等混为一体的方式，让人在看戏的过程中，身心都融入其中。他们把戏带进了生活，也许生活本来就是一出戏。在国内看演出，从买票的那一刻起你就被定位为观看者，坐在与舞台有一定距离的座位上，安静地观看对方表演。而在爱丁堡艺术节，临时搭建的无数的小舞台，与观众席的距离非常小，表演者就在你面前，几乎是在与你对话，他们的表演从技能到感情投入的程度能让你模糊生活与戏剧表演之间的关系，以至有时候你会产生这不是戏而是生活的奇特感觉。这样的戏剧方式好不好，众说纷纭，至少对我来说是一种全新的体验，对戏剧、对艺术、对人生有新的感悟。

我首先看的是一出话剧，讲述20世纪初叶英国某个山村里一个女人的3段婚姻生活。总共11个表演者，道具很简单，只用几块木板架来架去作为背景或道具，演员爬上爬下，演员也成为道具。演员的表演很专业，在这样简单的舞台上将那个年代的乡村生活特点表演得惟妙惟肖，将这场戏演得活灵活现。我从中似乎也看出戏剧表演的一些门道。

接着看的是喜剧，这个话剧大概想表现英国人的某种幽默感，一种调侃法国人的英式幽默。总体给人一种即兴表演的感觉，不太讲究，场景、形象、表情也都一般，再加上语言不太听得懂，我基本无法体会其中的微妙和搞笑成分。

随后看了一个表演剧,讲述一个女人一生的婚姻、家庭、社会、身体等的故事。演员很好地利用了临时剧场空间有限的特点,将演出贯穿于舞台上下,挺生活化。表演者说这是她第一次参加爱丁堡艺术节,舞台经验和表演技巧还有很大欠缺。

剧场稍微大一点的节目票都很抢手,早就售空,很多人排队等待进场。街上很多人手里拿着节目表、排期册,在有票的剧场门口排队购票。这里到处都有大大小小的节目广告,在一些偏僻的、满是流浪汉尿味的巷子里,也不时看到表演场地的标志,也偶尔有些奇装异服的人光临……这样的情境和场面令人有些感动。

明天启程返回祖国。

伦敦工作日记两则

一、维多利亚和阿尔伯特博物馆的一天

  从我国北京到香港再转机到英国伦敦，路上折腾了20个小时，我们于伦敦时间早上7点半到达希思罗机场。赶到预订宾馆时9点多，因为时间还早，我们还不能办理入住，只在公共盥洗间简单整理一下，就匆匆赶往维多利亚和阿尔伯特博物馆（以下简称V&A），我们跟

那里的项目协调人达娜·安德尔（Dana Anderw）和策展人路易丝·香农（Louise Shannon）约好10点见面，我们赶到时，她们已等了我们许久。

我们先参观"编码与解码：国际数码艺术展"。这个展展示了最新的数字互动设计的发展，既有小型的、以屏幕为基础的图形设计，也有大型的互动装置。展出作品由国际知名艺术家、设计师创作，如丹尼尔·布朗（Daniel Brown）、戈兰·莱文（Golan Levin）、丹尼尔·罗津（Daniel Rozin）和卡斯滕·施密特（Karsten Schmidt）。

数字技术为艺术家和设计师提供了新的思维方式，强调创新、交互，通过软件、动画和其他技术，将动态的元素植入艺术作品中。该展览强调计算机的编码技术对日常生活的影响，以及数码时代人们在感官互动方面的新体验。V&A和该展全球巡回展的赞助商SAP极力推动这一展览到中国参展，首选了中央美术学院美术馆（CAFA Art Museum）。这次展览挺有意思，比较纯粹，互动性很强，如果在中国展出，除了对数码、编码技术应用和对人们潜在的意识和认识的开发起到较有启发性的宣传、普及教育作用，同时也可做哲学认识观的开发及引导，这不仅是一个技术化时代的数码技术问题，更是数码技术所引发的人类对世界新的认识途径和方式问题。策展人给我们介绍了展品的很多细节之后，大家坐下来商议有关展览巡回的条件等。（"编码与解码"展览将于 2010 年 10 月在中央美术学院美术馆展出。）

中午，我们在 V&A 餐厅简单吃了点东西。今天是周一，博物馆观众很多，可用人山人海来形容，以往这时不会有这么多人，他们说一方面是现在有较好的专题展（同时还有其他展览，包括"编码与解码""床单展"），另一方面就是春假，人们休假时喜欢到博物馆参观。我不禁感慨这里的文化背景和其他地方确实不一样。

下午 2 点，我们与博物馆馆长马克·琼斯 (Mark Jones) 会面，典藏部兼亚洲部主任贝丝·麦基洛普 (Beth Mckillop) 一起参与会谈。Mark Jones 馆长向我们推荐了几个展览，包括"英国设计展 1948—2012"（2012 年展出）、"维多利亚和阿尔伯特博物馆藏英国水彩画展 (17 世纪到 1950 年)"、"后现代艺术展"(2012 年展出)，都是非常好且非常有学术性的展览，尤其是"后现代艺术展"，可说是第一个对后现代问题进行视觉展示和学术探讨的文化大活动。V&A经常开展一些学术梳理及具有探讨精神的展览，往往以新的角度切入，如去年我在伦敦看到的"冷战时期的设计展"，就从政治、历史的角度呈现设计的文化意义；如2007年我在这里参观的"超现实主义展"，该展从当时的社会学和视觉文化、日常生活等角度探讨"超现实"观念的产生、呈现的意义及方式，如2008年他们策划的"中国设计"展览，也是从历史和现实角度来展现中国社会改革开放和高速发展所带来的文化问题。这样的展览准备时间很长，策划、筹备都非常充分，学术思考深入、独特，展品收集及借用也都考虑周全甚至不惜成本，投入很大，当然，影响力也很大。看这样的展览，你得到的感慨和收获都很多！我不禁思考，我们中国的美术馆为什么就做不了类似的有问题意识、有独特学术立场、有历史观的展览呢？是我们没有学术思考能力强的策展人、馆长还是我们没有资金？抑或我们没有这样的文化背景和社会环境？似乎不仅仅是这些，我觉得，一些国人可能缺少的是一颗安静的文化之心，这个社会太躁动、太多花招和诱惑了。

　　作为对等的文化交流，我也向他们推荐我们的展览，特别是"中央美术学院素描60年"展览，并附上厚厚的展览素描画集。马克·琼斯馆长认真地观看后，表示考虑减少一些作品并作结构调整后可以在V&A的"素描"和"绘画"展厅展出，还叫亚洲部主任带我们到这两个展厅考察下。其间，我们还向他们推荐了藏品展和摄影展等。

　　中央美术学院美术馆应该更多地、更专业地走出去，与国际上各个重要美术馆、博物馆交流，学习经验。

　　下午3点，我们与"编码与解码"国际巡回展的赞助商SAP团队见面会谈，他们来了4个人，有高级经理、艺术顾问、艺术项目经理等。他们认真地给我们介绍SAP在中国的业务和历史，以及支持这次巡回展的目的，也详细地询问了中央美术学院及其美术馆的情况，对巡回展中的一些资金项目也做了承诺和调整。

　　我们原定于4点与公共教育部主任戴维·安德森（David Anderson）会谈，但是与SAP商谈超过预定时间，等我们赶到会谈地点，公共教育部主任和项目负责人已等候良久。我们深表歉意，他们向我们介绍了 V&A 公共教育部的建立过程及具体工作。他们的工作空间很大，包括教育工作室、艺术家工作室、公众午餐空间、两个演讲厅、展示空间等。新空间刚开辟一年多，根据博物馆的具体展览项目或藏品、艺术品等开展公共教育活动，活动对象为青少年、成年人、老年人等。还有对驻馆的来自世界各地的艺术家配合项目或藏品进行一些与公共教育项目有关的创作，特别是动漫的创作，挺有创意。如这一次的展览"编码与解码"，专门有一位公共教育的负责人负责相关的项目策划、实施，也包括联络合作者、赞助商（如"苹果公司"提供展厅及公共教育项目的电脑及技术支持等）。

到 5 点半，今天的博物馆活动告一段落，明天还有一天安排。今天还有一件很重要的事，亚洲部主任戴维·安德森带我到他们陈列馆中的中国馆参观，并提议让我为"素描"和"绘画"这两个展厅创作两幅与中国文化相关的水墨作品，如我的"天地悠然"系列，他们将收藏和陈列展示。他们目前的中国馆展示中，有徐悲鸿的《马》、方召麐的书法、王序的书籍设计、陈琦的版画《水》等，当然，更多的是中国传统艺术文物,如青铜、雕像、陶瓷、古代生活用品等,意在展现中国文化的内涵。

我们在细雨中回到酒店,在服务员的安排下入住房间,我打了几个电话安排未来几天的活动,随后出去买了一些食物和啤酒、威士忌等,在房间与王春辰喝着酒聊了起来。这一天就这样在密集的活动和诸多的感慨中过去了。

2010 年 3 月 29 日

二、V&A 的又一天

今天我们在博物馆有很多工作安排和精彩内容,也有很多的感触和感慨!

10 点半约好研究部主任吉丝蕾恩·伍德(Ghislaine Wood)和国际事务部主任琳达·劳埃德·琼斯(Linda Lloyd Jones)会谈,她们向我们介绍"英国设计展 1948—2012"的策划情况,昨天馆长马克·琼斯特别向我们推荐,希望该展将来能够到中央美术学院美术馆展出。展览策划很不错,分成三个部分,第一部分是"传统与现代性",从"国家""城市""土地""家庭"四个专题,以设计为切入点,探讨英国传统文化在现代社会发展中的转化和冲突。特别有意思的是"国家"专题中,英国王室加冕等仪式礼仪的设计和方式、出访服装的样式等,这种代表国家形象的设计如何在传统与现代之间体现英国的时代状态;又如"土地"专题中,英国"乡村文化"这一个在很多文学家笔下充满优雅浪漫的题材,在当下如何被重新演绎和重视。我们经常将设计与现代社会、城市生活联系在一起,但英国人看到了传统乡村文化中的现代设计意义。第二部分是"颠覆与对话",这一部分体现英国文化中前卫先锋的精神,如朋克文化对设计的影响,如英国文化中极为重要的戏剧文化,他们颠覆性的舞台、服装设计等。第三部分是"创新与创造性",重点反映英国如何从制造业大国转换为创意、设计大国,形成设计在英国、制造在国外的现状。整个展览有150—200件(组)作品。从他们的策划介绍中,感觉到他们对于展览的呈现和内涵意义的挖掘与我们确实有很大不同,这种社会学、文化学的思考给了设计艺术和设计美学更开阔丰富的舞台和内涵。

之后我们与摄影及数码影像部主任曼廷·

巴恩斯（Mantin Barnes）见面交流，希望与其在影像艺术方面有进一步的合作。V&A可以说是最早收藏摄影作品的西方博物馆，它的前身是英国南肯辛顿博物馆，从19世纪50年代就开始收藏摄影作品。该馆早期摄影收藏的立足点是"将摄影作为视觉百科全书加以对待，从建筑样式到植物形态，从人种学记录到新大陆考察，照片的艺术价值被美术馆解释为'可以面向各种类型观众的富有魅力和商机的副产品'"。目前，该馆馆藏摄影作品50多万件，设有常年陈列展览，尽管平时展出的作品只有百来件，但只要提出申请和预约，参观者就可以直接观摩研究任何摄影藏品。任何需要研究和接触摄影藏品的专业人员和普通公众都能获得最方便最直接的服务。

下午我们仔细地参观了V&A，这里到处让人感受到一种文化历史的存在，而不仅仅是艺术品。我特别感兴趣的是戏剧馆，从舞台、剧院装饰、服装历史、道具、布景模型到影像（如表演现场或排练现场、著名导演、演员声像）等，觉得很有意思。

对正在举行的专题策划展"床单"，我有必要多说几句。"床单"这一简单而直白的主题，却做出了一个特别有意思、有学术意味，也特别有社会学、历史学、当代视觉意义的展览。

整个博物馆的观众太多了，可以说是摩肩擦踵，他们看得特别认真也很安静，令人感触良多。为什么大家会这么投入于文化呢？看到大家神情专注观看、轻声细语交流的场面，看到午餐时餐厅外排起长队、餐厅里坐满了人的场面，看到博物馆里数十万件藏品尽量精美地呈现给公众，看到他们为公众和专业人员提供的丰富细致的公共教育服务和开放周到的专业服务，我不得不再次感慨！

2010 年 3 月 30 日

从那不勒斯到西西里岛

2011 年 1 月 20 日
那不勒斯

  今天我们在那不勒斯城里参观博物馆、美术馆,可以说比较轻松。早晨下起雨,淅淅沥沥,给这样一个带着悲怆历史感的古城,增添了几分沉静。我们在绵绵细雨中登上那不勒斯的"蛋堡",该城堡据说是因为藏有一个金蛋,故而被命名"蛋堡",城堡耸立在海边,高高的石头墙直插进大海,站在城堡上面,有下临无地之感,往回眺依山傍海而建的那不勒斯城,更感一种风雨中静静肃立的岁月精神。(图14)

上午卡罗带我们去看这里的现代艺术馆,那不勒斯的现代艺术比较活跃,有两个现代艺术博物馆:那不勒斯艺术官和唐纳雷吉纳当代艺术博物馆。那不勒斯艺术官于2005年开设在18世纪建成的建筑罗切拉官内,这里主要展出各种流派的艺术作品,唐纳雷吉纳当代艺术博物馆位于圣母玛利亚修女院,由阿尔巴多·西萨加以改建,占地面积约7000平方米,这里也有很多展览活动。美术馆策展人接待我们,这里的藏品很不错,藏有大量当代重要艺术家的作品,陈列布置得特别讲究,很专业。策展人告诉我,本土人或来那不勒斯的人多数对现当代艺术不是太感兴趣,每年大概只有7万人来这个美术馆参观。那不勒斯的地铁车站不仅是交通运输场所,还设计成米莫·罗泰拉、马里奥·梅茨等国际知名艺术家作品的展示场所。现在这里每年的圣诞节期间都会有一个传统节目:米莫·帕拉迪诺、理查德·塞拉、丽贝卡·霍恩、卢西亚诺·法布罗等国际知名艺术

图 14　那不勒斯的"蛋堡"

在清晨的雨中登上那不勒斯最早建城时的"蛋堡"，城堡耸立在海边，高高的石头直插进大海，站在城堡上面，真有下临无地之感。回眺依山傍海而建的那不勒斯城，更感一种风雨中静静肃立的岁月精神。

家来布置平民表决广场。这里还举办过那不勒斯的"欧洲和地中海青年艺术家双年展",曾有700名青年艺术家参加。

下午,我们到那不勒斯国家考古博物馆参观,该馆由波旁皇族的查尔斯在18世纪后期建造,主要用来收藏他母亲伊丽莎白·凡尼斯留下来的古董,其珍藏的罗马时代古文物规模在欧洲首屈一指,包括从庞贝和赫库兰尼姆古城发掘出来的珍宝等。该馆也收藏了许多希腊、埃及黄金时代的画像、雕刻、青铜器等古物。博物馆内设美术馆,有拉斐尔等人的名画。最令我感兴趣和有所发现的是庞贝古城出土的壁画中关于风景画的部分。出土的壁画有很多,有些画的是亭台楼阁。以前中国学界经常有这样的论点,认为西方的风景画要追溯到16—17世纪才出现,而中国的山水画早在6世纪就形成了一套较完整的表现和理论的体系,因而山水画成为承载中国文化精髓的重要载体。但是从庞贝出土的大量风景壁画看,古罗马人对于自然的认识和表现已经有了自己的一套方法和兴趣,这应该也是有一定的生命哲学背景的,我想,关于西方风景画产生的时间及相关的美学、哲学问题还是值得继续认真探讨的。博物馆里，庞贝出土的马赛克镶嵌壁画之精美细致也令人惊叹不已。

晚上，我们租了一辆福特牌SUV（运动型多功能车），由弗朗西斯科驾驶，连车与人一起上了一艘巨大的豪华游轮。游轮开向漫漫的地中海，天亮就能到达西西里岛的帕勒莫(Palermo)，我们也即将开启西西里岛之行。这个季节的地中海不算冷，今晚的月亮很圆很亮，海风轻轻吹过，波涛声阵阵，月光映在海面上，泛起一大片一大片耀眼的银光。

2011年1月21日
西西里岛帕勒莫

早上6点我们被乘务员叫醒，告知已经到达帕勒莫。因为游轮搭乘了很多车，我们等了一个多小时才将车开上岸。

帕勒莫是西西里岛的第一大城，也是个地形险要的天然良港，据说歌德到此地时曾称赞帕勒莫是"世界上最优美的海岬"。历史上，这里更迭过很多统治者，经历了如古希腊人、古罗马人、迦太基人、拜占庭人、阿拉伯人、诺曼人、施瓦本人、西班牙人等的统治，这些统治阶级的文化烙印在西西里岛，特别是帕勒莫这里，都能找到印证。历经多种不同宗教、文化的洗礼，帕勒莫市区建筑呈现着截然不同的风貌。（图15）

我们先开车直接到帕勒莫附近的蒙雷阿莱(Monreale)，蒙雷阿莱建在高高的山坡上，在那里可以眺望帕勒莫市和整个海湾，这里的大教堂到处都镶嵌着壁画，类似拜占庭式的建筑风格。我们登上大教堂的塔楼，俯瞰整个蒙雷阿莱和海湾，真有离天堂很近的感觉。大教堂边上是一个大花园，长长的回廊和无数雕刻精细的廊柱，令人惊叹不已。大花园采用了类似于阿拉伯风格的建筑。

我在蒙雷阿莱街头拍了一些镜头，切身感受了一番西西里岛绚丽的阳光和碧空如洗的蓝天。天上云（白云或乌云）的飘动，更显阳光和蓝天的精彩，云影在颜色鲜艳的街道及房子上滑过，使一切都富有质感。

中午后我们赶到酒店，下午在帕勒莫市区参观。这里的建筑融合了多种文化风格，一座保存下来的诺曼人统治时代的王宫，其内建有一座专供国王使用的教堂，金碧辉煌，糅合着

图 15 帕勒莫寺院

帕勒莫是西西里岛的第一大城，这里历史上经历了希腊人、古罗马人、迦太基人、拜占庭人等的统治，历经了多种不同宗教、文化的洗礼，其建筑呈现着不同的风貌。

阿拉伯和拜占庭的装饰风格。在这王宫的地下，还有不同时代建筑遗留的痕迹，相互融合形成新的建筑主体，这可以说是研究这样的区域城市发展及建筑风格变化的极好实例。

得益于弗朗西斯科的带领，我们进入一片贫民区——西西里岛的贫民区。在平时，这样的地方绝对禁止外人靠近。跟着弗朗西斯科我们得以穿行在脏、乱、差的小巷里，在市场里四处拍照，还买了东西吃，人们都很友善。要特别注意的是，需小心将照相机背好拿紧，以防被抢了。

晚上我们在一家中餐厅吃饭，王尔一直说不想吃中国菜，但晚上他吃得很开心，大家都觉得还是中国菜好吃。

2011 年 1 月 22 日
阿格里真托 – 卡塔尼亚

清晨，我们离开帕勒莫前往阿格里真托。出发前，我们发现昨晚停在酒店停车场的车右侧部位有些凹痕，可能被其他车撞了，酒店不承认，拿他们没办法。在那不勒斯和帕勒莫这两个地方,街上跑的车百分之七十都有被撞或刮的痕迹,乱七八糟的景象,也算一种奇观。

从帕勒莫到阿格里真托,一路上我们真正领略了西西里岛的自然风光,山陵起伏,山坡上铺满绿茸茸的草地植物,阳光在起伏的山峦中将草地照得特别耀眼,有些像在云贵高原上的感觉。西西里岛内地这种奇特的山地景色,大概是由地中海的海风和其独特气候所造成。

阿格里真托有一处名为"神殿之谷"的文化遗址,这里有公元前5世纪至公元前4世纪古希腊人留下的六七座神殿。考古学家在19世纪初发现了这些遗址,之后对大部分的寺庙进行了挖掘和修复,但是遗址中还有很多东西没有挖掘整理出来,人们也只能想象"神殿之谷"在古代有多么的宏伟,它被认为是希腊境外最重要、保存最完好的神庙群。如今这里非常壮观,一会儿阳光耀眼,一会儿乌云飘过,来一阵雨。阳光、乌云、云影、彩虹、噼里啪啦的阵雨,让人真切感受到"神"的美妙和"神殿之谷"的神奇。(图16)

傍晚我们到达卡塔尼亚。这个城市整体显得较脏乱,但就在这一片脏乱的街区里,却开有一个特别现代和高级的宾馆,我们就住在这阿格里真托的"神殿之谷",汇集了公元前四—五世纪古希腊人留下的六七座神殿,被认为是希腊境外最重要、保存也最完好的神庙群。

图 16 阿格里真托神殿

阿格里真托的"神殿之谷",汇集了公元前4—5世纪古希腊人留下的六七座神殿,被认为是希腊境外最重要、保存也最完好的神庙群。

个宾馆。晚上我们到市中心一带参观，挺感触的是，这样脏乱的城市，其市中心照样矗立了几座非常有历史感的教堂、市政厅等建筑，体现着这座城市的历史和威严。

2011年1月23日
陶尔米纳－墨西拿

今天很悠闲，从卡塔尼亚到陶尔米纳路途不远，我们沿着海岸线行驶，路上的风光很精彩。很庆幸有弗朗西斯科这个熟悉路途和极度热情的人，他带着我们穿到一些常人很难找到的精彩地方，我们开着车很随意，走到哪算哪。我们溜进了渔村，窜到悬崖边，走到高高悬崖下的海滩，在清澈透明的海边嬉戏，而那山崖边的城镇房屋，更为自然风光点缀着丰富的色彩。

我们一路游玩，晃晃悠悠地开着车子，进入一个童话世界般的城镇——陶尔米纳。只看见高高的山崖上连绵着一片一片的房屋，下临清澈而一望无际的大海，另一边的山顶上还积着雪，那座是最近正在喷发的埃特纳火山（埃特纳火山据说是欧洲海拔最高的活火山，我来西西里岛时，正好埃特纳火山喷发，有人还劝我说危险，不要到西西里岛）。

车绕着弯弯曲曲的山路到了一处山顶的平台上，陶尔米纳的镇中心就在这里。在此的不远处是一个古希腊的音乐台，我不禁感叹，两千多年前生活在这里的人真是悠闲，同时也有很高的审美趣味，在这样的山顶平台上建了一座巨大壮伟的音乐台，在明媚的阳光下，或在皎洁的月光中，大家登上山顶，对着浩渺的地中海和神奇的埃特纳火山，以神圣的音乐和动听歌声，献给融在阳光、月光、大海、火山、万物中的"神"，那种感觉真是太美妙了。（图17）

傍晚时分，我们离开陶尔米纳前往墨西拿，到了墨西拿已经黑灯瞎火了。墨西拿看起来很脏乱，我们到麦当劳吃东西，车停在较偏僻的地方，行李都在车上，有些担心不安全，匆匆吃了就走。随后我们在附近的"莫"（近郊的超级市场）闲逛，王尔开心地买了几件衣服。

我们在墨西拿的市中心转了下，看了大教堂，之后就上船了。船凌晨开动，第二天上午9点就能回到意大利大陆的萨勒诺。

图 17　古希腊音乐台

陶尔米纳山上的古希腊音乐台，大家以神圣的歌声，献给融于阳光、月亮、大海、火山、万物中的神，真是太美妙了。

就这样,我们的西西里岛之行愉快、丰富、圆满地结束了。

2011年1月24日
萨勒诺-那不勒斯-罗马

这一夜我们在船上睡得很好,本来9点钟船才到岸,这次航班提前到达了。乘务员敲门提醒,我们匆匆起来,收拾行李,去吃了点早餐。当我们拉着行李到甲板上的停车场时,整个船舱已经只剩下我们孤零零的一辆车了。

昨夜下了一夜的雨,现在还飘着细雨,天色似乎刚亮过来,我们又开始新一天的旅程。萨勒诺城外有一处古希腊时期的古城遗迹,很大的一片,有城墙、街道、神殿、祭坛、音乐台等,有点像庞贝古城。几座神殿保存得不错,不过参观的人很少,很安静。雨后,我们登上破旧残缺的古城墙,面对一片宁静的废墟,真可以遐想很多。

随后我们驱车到附近山崖上的一座教堂,教堂外观非常简单朴素,但异常宁静庄严。站在教堂前的广场俯瞰，村庄、田野、大海，还有这片原野上点点滴滴历史残存的痕迹，经过雨水浸透洗礼，一切都变得特别清晰透明。

我们沿着海岸线一路游览，在弗朗西斯科的带领下看了很多精彩的城镇和风景点。我感觉西方人在对待自然方面，有他们独特的方式，他们喜欢将浓厚的人文（包括宗教、日常生活、历史情怀等）融进大自然之中，与大自然一起构成一种人文景观。我们观看自然时，欣赏的是具有人文内容的自然景观，同时也通过具有人文色彩的视点来观赏或重新认识自然。（图18）

我们穿行在很高的山上，山上有很多积雪，树上还挂着亮晶晶的冰凌。汽车翻越一处很高的山口，山脉的另一边就是一望无际的那不勒斯平原，布满了模型般的村庄城镇，还有一座似乎与山脉没有直接关系的山——维苏威火山。对此，我曾经想象过，很久很久以前，这里是一片平原，地壳里的岩浆涌出来了，一次又一次，堆砌起现在这样的一座孤零零的山。说来很奇特，虽然火山是这么的危险，这么的深不可测，但人们不但不远离它，反而在它的山脚平原上，甚至就在半山腰建起房子，愉快无忧

图 18 海岸线

从墨西拿渡海峡，再沿着海岸线一路游览教堂、村庄、田野、大海，还有一切历史残存的遗址等，傍晚回到那不勒斯。

地世代生活。

  我们下午4点多到达那不勒斯，将租来的车交还，稍作休息后，由卡罗开着他的车，前往罗马。7点多到罗马，与老康会合，他刚从北京飞过来。晚上大家吃喝得很痛快，今天还是玳玫的生日，大家点了蜡烛，祝贺了一通，我喝了不少酒，回宾馆倒下就睡着了。

巴黎的一天：拜访赵无极先生及其他

2000年6月22日上午，在法国外交部艺术行动委员会安排下，我和林抗生老馆长及刘端玲拜访赵无极先生。去年4月份，赵无极先生的绘画60年回顾展在广东美术馆隆重举行，这也是广东美术馆自1997年底落成开馆之后举办的第一个海外华人艺术家的大型展览。赵无极的绘画形式比较抽象，对于普通观众，尤其是广东的观众来讲，有一定的欣赏障碍，我作为专业的副馆长，有责任将这样的抽象艺术形式及最重要的海外华人艺术家之一赵无极先生介绍给社会公众。因此，除了展览前的联络筹备工作外，我专门撰写了一本导览小册子，将抽象艺术的历史、形成背景、形式特点、欣赏要点，以及赵无极的艺术历程、特点、观点等，介绍给观众。在展览开幕时，赵无极先生专程来到展览现场，我也被安排与他做了一场电视台的采访节目。通过近距离的接触，以及对他作品的深入解读，我非常非常佩服赵无极先生的为人与艺术！这次，接受法国外交部艺术行动委员会的邀请前往，也是我刚刚转为广东美术馆馆长职务之后的第一次出访。昨天飞抵巴黎，今天一大早我们就兴冲冲地来到赵无极先生的家，希望再次见到这位安详温和而艺术超然的艺术家，并更加近距离地感受他的日常生活。

　　由艺术行动委员会的接待人员引导，我们来到巴黎南边的第13区，在一条安静的小街中找到赵家的门牌，按门铃，无人应答。工作人员拨通了赵先生的电话，电话那头传来温润的法语声音，赵先生说过来给我们开门。可是在门口等了一阵，仍不见开门，隔了好一会儿，街道那边，一个文雅的老先生走了过来，他就是赵无极先生。原来是我们按错了门铃，将他19号的门牌记错为9号了。赵先生热情地与我们握手，他的手很润很厚。

他的家不是人们想象中大画家的大家宅，现在很多国内的所谓"大画家"首先是他们都有大豪宅，大工作室，要不哪里算得上是"大画家"！赵先生的家很典雅也很朴素，对空间的布置和使用很具体实用，也很抒情。我们围坐在餐厅里的餐桌边，轻松地聊起天来。他谈吐轻松，语气中带有一种谨慎的感觉。坐在餐厅里透过玻璃落地窗观看小庭院中的植物——枫树、竹子，还有中国式的盆景，很有中国园林的幽静和文人气息。更有意思的是，他养了一些大大小小的宠物，一只大狗和一群（6只）猫，其中几只纯灰色的猫品种很特别，我还是第一次看到。那只狗见到我像很熟络一样，一个劲地往我身边挤，将口水都擦到我身上，我直接坐到地上，它便往我身上压，特别可爱。猫与狗也不打架，那些猫跟着狗一起过来玩，那只足有100多斤的大狗还不停地为那些猫咬蚤子，猫儿们很自在地享受，真是太有意思了。

赵先生很随和，也很有修养，聊了一阵，

他便带我们到楼上的画室看作品。画室较大,设施设备很精良,有不小的天窗,安装有遮阳布,可以调节光线,光线很均匀,还安装了通风设备、升降设备等,这些对画大型油画来说是很重要的设施。不过,总体来讲很朴素实用,除了必要的,再没有其他多余的配置,感觉在这里画画应该很舒服。赵先生说他在乡下还有一处很大的画室,下午或明天他就将去那住一段时间。

赵先生说这幢楼一半是租的,一半是买下加建的,由他的前妻设计而成(他的前妻是学建筑的)。他在谈话中经常提起他前妻,如这几件雕塑是她的,这件礼品是他的前妻当年结婚时送给他的,等等,从这些细节可以看到赵先生情感与性格世界的点滴。时间过得很快,我们在他家里聊了约两个小时,中午的阳光与植物的影子洒落在窗台和地板上,该与赵先生道别了,赵先生和那只大狗一直送我们到门外。初夏巴黎的阳光和凉风很惬意,照得和吹得皮肤很舒服。

之后,我们驱车去小皇宫美术馆,接待我们的是M女士,她已经是5个孩子的奶奶了,但是她仍充满活力,衣服整洁,西装洒脱,开着车接送我们,她说她在外交部搞接待工作已经27年。看其外貌,我估计她55岁至60岁,但她很有活力,也非常平易近人。我们在巴黎人来人往的繁杂大街上,偶然遇见了她的女儿——一位有3个孩子的女律师。大家在路边简单交谈了几句,M女士见到女儿时那溢于言表的高兴、亲切谈话的样子,让我感觉到她们对待生命、生活的态度阳光而乐观。

在小皇宫美术馆我们主要参观了一个题为"墨西哥的太阳"的展览。该展览很有特点,将南美洲的社会历史、文化分为若干主题和专题,结合古代、现当代的作品,阐释这一主题。整个展览由"生命—死亡"这一条线索贯穿其中,如其中一个专题是"水的生存和火的死亡",将墨西哥人与水、与火(火山)的关系,用古代的图腾艺术、书籍描图与现代人的绘画作品、地理照片、生活图像等综合表达出来,又如"生命的节奏规律"这个专题,分为若干分题板块,如"感官、感觉""家庭的承担者、建设者""生命的终结"等,将不同时代的艺术与图像置于一起,让它们说话。几年前我在洛杉矶美术馆看过一个题为"走向神性"的展览也是这样,将历史、文化中接近神性的图像艺术综合到一起，进行视觉与思想的表达。

　　随后我们又到了奥赛美术馆，馆长接待了我们。这是我第二次来这里，还是非常熟悉的情境，一个个熟悉的大师名字，一个个熟悉的艺术家面孔，以及面孔背后隐藏着的一个个艺术家的故事。不过，任何大师或个人，虽然在某些方面令人印象深刻，但是，当他们将自身的方方面面都呈现在你面前时，你反而会觉得"原来如此"或"不过如此"。在西方的美术馆或博物馆中，他们的作品太多了，将他们的东西都摆出来，让人们看到大师们的方方面面，这对于艺术史研究者来讲是很好的事。但是，难免也会使人看到一个"原来如此"的人及艺术家。看完美术馆，感受最深的还是，大师就是大师，名作就是名作，一位大师一生能有几幅名作，这也就够了。历史总是无情但也独具慧眼，好的作品必定会在历史上留下地位。

2000年6月22日深夜于巴黎

我与雷德侯教授的两次交往

对雷德侯教授的印象,我是从阅读他的《万物:中国艺术中的模件化和规模化生产》(以下简称《万物》)一书开始的。当时给我最深的感受是,雷教授的观察能力、缕析方式、归纳手法、理论思辨能力实在太厉害,也太独到了。一位外国学者,对中国的古代文化有如此通透的分辨力和论述能力,并归纳总结出模件化及规模化生产的文化特点与规律,令我受益匪浅。特别是他关于中国艺术模件化的论述，唤起了我曾经有过的中国绘画史研究的记忆。我跟从周积寅教授攻读中国画论硕士研究生时，曾对中国古代绘画的符号化问题做过一点研究，有些体会与思考，有一些自己的见解，曾成文《作为阅读符号的中国画》发表于1989年的《江苏画刊》上，对中国绘画的符号化特点及以符号构成画面阅读性等问题做了一些分析论述。读了雷德侯教授的《万物》后，我似乎有了一种豁然开朗之感，相关的认知也有了新的拓展。符号可以属于模件的分支或范畴，而符号化在组合、构建和解读中国绘画方面，以及其可读性上，都有类似于雷德侯教授分析论述的模件化特点。雷教授曾指出，"六书"——汉字构成的六种法则，就是以模件来进行组合、构成而形成规模化生产模式的重要案例，中国艺术，包括中国古典绘画，其突出特点也是这种模件化的生产方式。

2011年4月，我在赴威斯巴登著名收藏家博格先生处商谈博伊斯作品来中国展出事宜时，趁工作之余，专程前往海德堡大学拜访早已令我敬仰的雷德侯教授，并请教了他一些艺术史问题，包括中国绘画艺术的"符号化""阅读性"等问题。此行虽然匆忙，但是我感觉收益多多。我还清晰记得，在那四月霏霏的细雨中，雷教授领着我穿行在海德堡大学古老的石板路上，走到一个敞亮高大的啤酒牛排餐厅，享用一顿丰盛的午餐，还用啤酒招待了我。

一晃到了2016年1月，我应胡素馨教授的邀请，到海德堡大学东亚艺术史系做为期五周的讲学访问。初到之时，我想去拜访雷德侯教授，不凑巧的是那时他在美国讲学。大约三周之后的1月21日晚，我在海德堡大学跨文化学院报告厅举办一个较大型的讲座，题为"策展机制在中国"。讲座即将开始时，雷德侯教授来了，就坐在了第一排，他说他上午刚从美国飞回到海德堡。千里迢迢、舟车劳顿，上午刚到达，傍晚就来参加我的讲座活动，一位快75岁的老人，一位国际著名学者，而我只是5年前与他有过一次见面请教的后辈，这让我感动万分！也让我倍感压力！讲座结束后，雷教授很客气地给我说了很多鼓励褒奖的话，这真是一个让我难以忘怀的夜晚！

雷德侯教授那一天是刚从美国普林斯顿大学讲学回来，几年前，普林斯顿大学在方闻教授卸任中国艺术史研究主持者职位之际，曾力邀雷教授离开海德堡大学去普林斯顿大学担任这一重要职位,但是,海德堡大学的学生们得知这一消息后,举行了两次游行,希望雷教授留下。而海德堡大学也以15年的经费支持,设立"中国佛教石经项目研究中心"(Buddhistische Steininschriften in China),希望雷教授能担纲完成这一巨大的文化工程项目。雷德侯教授每讲到此事,都被学生们的行为及海德堡大学的支持而深深感动!雷教授最后没有接受普林斯顿大学的邀请,后来接替这份重要教职的是谢柏柯教授。我与谢柏柯教授和普林斯顿大学曾有过重要的学术交集,2009年我组织策划的"中国人本:纪实在中国"大型摄影展在纽约华美协进社中国美术馆展出,谢柏柯教授主持了我们的讲座活动,并在普林斯顿大学组织了一场关于中国摄影与文化的学术研讨会。我想,如果当年雷德侯教授去了普林斯顿大学任职,也许,我与他的认识可能就会更早一些。

讲座结束后过了几天,我想雷德侯教授应该休息得差不多了,向他提出去他的"中国佛教石经项目研究中心"拜访学习。雷教授在一间不太大的房间接待我,房间里放满了关于佛教石经的书籍与考察研究的资料夹。这么多年来，他与海德堡大学的博士和硕士学生、同行学者及助手等，在中国的山东、四川、河北及北京等地荒山野岭中，对摩崖上留存的大量佛教石经进行了田野调查，做了大量的发现、统计、定位、拍摄、绘图、记录、辨析以及研究工作。这项工作涉及的范围很广，包括佛教、历史、书法、艺术史以及哲学等领域，内容很丰富，意义很重大。当然，在这个研究、考察过程中，有国内学者和机构的参与及合作，他们的这一重大的工程成果，也以中英文两个版本在中国与美国陆续出版。这是一个庞大而艰巨的文化工程，对于一位上了年纪的教授来讲，更是一种精力与体力的挑战与考验，而雷德侯教授却很轻松、开朗、幽默地说，他很享受这一具有挑战性的工作和过程，既可以爬爬山锻炼身体，享受山风、阳光、风景等，又可以在历史的现场体验中国文化的美妙，中国书法、艺术的美妙，同时感悟佛教哲学的真谛。这实在令人钦佩！

　　我们又一起来到了5年前曾经共享午餐的那间高大敞亮的啤酒牛排餐厅，又是一次愉快和收获良多的午餐聚会。雷教授很享受这顿午餐，他将自己餐盘里的食物"打扫"得一干二净，还特别讲起这种"光盘"用餐习惯与他童年的经历有关。他1942年出生，在战后德国极为艰难的时期中度过童年，当时他生活在慕尼黑附近的乡村，经常饿着肚子，非常渴望食物。因此，他说他这一辈子都很珍惜食物，从不浪费。

今年，是雷德侯教授80大寿！老人家的身体依然如此壮实，精神依然如此矍铄，笑声也依然如此爽朗！我衷心祝愿雷教授依然开心享受学术艺术，享受大山大水，享受美食大餐！

2022年4月28日于广州

缘分：我与广东画院

我的生命历程中，在广东画院的工作经历具有非常特殊的意义，那是一个重要的转折阶段，更是一段刻进生命记忆的缘分。

记得是1993年，那时我在岭南美术出版社工作。有一天外出回到出版社，同事跟我说，广东画院王玉珏院长打电话来找过我，叫我有空回一下。我的直觉和第一反应是广东画院要调我去那边工作！我当即回了电话，王院长说，现在广东画院需要一个搞理论的专职研究人员。我1990年从南京艺术学院毕业回来后，一直在岭南美术出版社工作，其间写过不少美术批评与理论研究的文章，也组织过一些活动，因此他们觉得我在美术理论及批评方面还是有一定的工作经验与能力，希望我能到广东画院工作。

这确实是天上掉下来的一个大馅饼！因为当时谁都知道，画院在一定区域内是一个非常有吸引力的机构。这个机构的性质与工作特点是专门从事美术创作和理论研究，很单纯也很纯粹。更何况，广东画院在全国来讲，也是一个很有历史、很有威望的画院，聚集了一大批有威望和艺术成就的老画家与中青年艺术家。因此，我马上答应了下来。随后我去了广东画院与王院长商谈具体的工作细节，她说给我安排一个很大的工作空间，另外还会给我配备一套两室一厅的房子，在市中心的东川路。这房子原来是汤小铭老师住的，他刚搬去新住所。这实在太令我意外了。1990年我从南艺毕业来到广州工作，就一直在东郊的石牌村租房子住。这房子是农民自建的三层楼房，房东在顶楼上加建了一个铁皮屋顶的房间，我就租住在这个房间。南方的夏天非常晒、非常热，我每天下午下班回来，得先在天台用水喷淋铁皮的屋顶及四周的墙壁，待整个房子降下温来，才能够进屋。我在这个房间待了一年多。后来，岭南美术出版社分给我另一个"房间"：与著名的美术理论家杨小彦兄一家合住江南西路一套三室一厅的房子，他们住三个房间，我住客厅。客厅专门隔出一条路做通道。而我和夫人就是在这个由客厅隔出来的"房间"里迎来了我们家的新一代，度过了愉快而简朴的一段生活。由此可见，在20世纪90年代初能够获得一套两室一厅的房子是何等的不容易，而且还转到了让我向往的广东画院工作。这对于我的人生，是一个巨大的变化。当岭南美术出版社王晓吟社长听到广东画院要调我过去时，她马上找我谈话，问我出走是不是因为出版社住房问题没有解决，她希望我留下，说房子问题他们马上想办法解决。我说，并不完全是这样，我在岭南美术出版社工作了三年，跟大家的关系都非常好，也做了一些事。现在，有这样的机会去广东画院工作，对我来说是一个机遇，广东画院是一个更为单纯和专业的文化机构，更适合我边搞创作边研究。王晓吟社长马上就说，那行，既然你觉得这种选择对你的未来更好，我们也支持你，但是你得带我去看看画院给了你什么样的房子。我带她去看了一下，东川路的房子比较旧，入住前需进行简单的装修。她说我们出版社给你一点钱帮助你修整房子。钱虽然不多，但是我快要离开出版社了，领导依然愿意给我帮忙和支持，这非常难得！非常感谢岭南美术出版社，非常感谢王晓吟这样的好领导！

之后我就到广东画院工作了。从1993到1996年在广东画院工作的三年多时间里，我的人生发生了非常重大的转变，对我影响深远。

广东画院聚集了一大群非常有影响力、有威望、有人格魅力的老艺术家及创造力旺盛的中年艺术家，我在这里，可能是年龄最小、辈分最低的了。在这样的机构工作，我能与一些老艺术家，比如名誉院长关山月先生、老画家蔡迪支先生等有不少的接触。另一些正处于艺术创作黄金时期的中年艺术家，如王玉珏、林墉、汤小铭、汤集祥、伍启中、尚涛、刘仁毅等，我更是经常去他们的画室串门，看看画、聊聊天、向他们请教各种问题。平时大家各干各的事，但是聚集在一起时，会很开心、坦诚、自在。当年广东画院的氛围特别好，从这就能看出那时开放、祥和和真诚的气氛。尤其是有时候跟老师们外出创作、写生交流时，这样的接触互动就更频繁了，大家抒发对艺术真挚的情感，述说生活中的兴趣爱好。譬如说有人会对一些农家的东西感兴趣，有人会对古董或老物件感兴趣，有的人则喜欢唱歌、跳舞、喝酒、品茶。大家在这样的氛围中相处与交流，无所不谈，流露出真性情，表现出每个人不同的个性与趣味。汤小铭老师非常幽默，他的话匣子打开后，可以面无表情地讲很多笑话，惹得大家哄堂大笑，这时他才咯咯笑几下。他经常拿自己开玩笑，配合老朋友特别是林墉老师，将自己的玩笑开得很具演绎性。令人佩服的是，作为广东美术家协会主席，汤小铭老师无论是在官方正式的场合，还是在平时的交谈中，从没有那一套套装腔作势的官话和官样，他一直都是一个天真艺术家的样子。林墉老师同样不喜欢说官话，如果他说出几句官样的话，那一定是在挖苦讽刺什么。林老师非常聪慧睿智，话锋非常犀利，眼光非常敏锐，思想更是有个性；同时，他也善于用幽默的方式来表达对事对人的看法。这样的感受和体会还有很多。广东画院这样一个艺术家群体令人充满敬意，同时深远影响了我的人生。

我在广东画院的主要工作，除了写评论文章，还将广东画院许多老师创作及交流过程中产生的一些思考与想法记录下来。比如林宏基老师——他走得比较早，很遗憾——我很有幸在当年与他的接触中记录了很多，也写了一篇完整且篇幅较长的文章。这篇文章既是对林宏基老师的纪念，也是记录他艺术研究的重要文本。类似这样的写作工作我参与了很多。

我一直对水墨艺术比较感兴趣，这个阶段也做了很多与水墨艺术有关的理论性研究，特别是20世纪90年代我作为《广东美术家》的执行编辑，与黄专老师一起推出了"实验水墨"专辑。这一专辑，后来被中国艺术界认定为最早提出"实验水墨"的概念，最早对"实验水墨"进行关注与研究。同时，我与王玉珏院长合写了《跨越迷墙》的文章并参加首届全国中国画研讨会。

有意思的是，我在1995年底，写了一篇长文，题为《关于画院的正反题杂议》。那个时期，社会上，特别是文化界、艺术界对画院的状况与问题表达了很多不同的声音，有些意见还很激烈，尤其是针对画院的体制与存在的必要性，争议很大。我身处在画院中，对画院的体制、机制及运作状态等有较深、较多、较切身的了解，因此，我的文章也从正反两面的角度将自己的观察与思考写了出来。文中提到国内画院及美术体制的改革，可以参照国际的艺术机制时，多次谈到博物馆、基金会、展览、主持人等的运作体制及机制。当时，完全没想到自己会在四个月后被调到了美术馆（即广东美术馆）工作，开始了我在美术馆中的思考与实践。

在广东画院三年多的时间里，我主要完成了一本艺术史研究专著《陈洪绶》的写作，这是我的导师周积寅教授给我的一个学习研究任务。在这次写作研究过程中，我对陈洪绶这样一位非常有个性，同时又有独特艺术表达方式的艺术家，有了更深入的理解与认同。这本书由吉林美术出版社出版，还获得了一些奖项。

其实，在广东画院期间，我除了理论研究与写作外，还进行了很多艺术创作，也尝试着创作出自己的绘画新样式与进行新的观念表达。这一阶段，我创作了《天地悠然》系列，参加了首届全国中国画大展、第九届全国美术作品展、百年中国画展等。《天地悠然》系列中我最喜欢的作品也被中国美术馆收藏了。《天地悠然》系列，可以说是我在广东画院时期对水墨艺术创作的一种新的表达和新的思考实验。很遗憾，这个系列的创作随着我1996年调到广东美术馆，工作转入新的比较密集又具体的美术馆工作后，就变得断断续续，后来也没有坚持画下去了。

1996年初，基建差不多告一段落的广东美术馆筹备落成开馆，这样的专业工作需要物色一位专业的副馆长。当年广东美术馆筹建办主任，也就是广东省美术家协会主席汤小铭老师——他的画室跟我的工作室隔了几个房间——他问我，有什么人可以推荐。我跟他说起广州美术学院的李伟铭教授，他是我的好朋友，汤老师便说可约他到我的工作室商谈。汤小铭老师希望李伟铭调到广东美术馆任职，主要负责美术专业工作。当时，李伟铭犹豫不决，有诸多顾虑。我便在边上劝说，美术馆的工作非常有意义，可以干出专业上的一些有意思的事来。李伟铭说回去考虑考虑，但是后来他回话说觉得不太适合，他还是觉得美院的工作单纯些。

过了一段时间，汤小铭老师来找我，说实

在找不到人，问我愿不愿意去美术馆。我很是惊讶，我也从没往这方面想过。画院是一个很多人都觉得非常舒服的大机构，可以安心做自己的研究，做自己的创作，在社会上和艺术界有着一些相应的地位。特别是在20世纪90年代，艺术市场发展得红红火火，个人如果了画院的身份与背景，市场的关注度会高很多，在其他方面也有很多便利之处，所以很多人都想挤进画院来，我就从来没有想过自己会进入这么优越的地方。汤老师跟我这么一说时，我首先是惊讶，大感意外，同时反应过来，我本身是学美术史论专业，深知在国际上美术馆这样的机构的重要性，很多美术史论的研究及课题，以及艺术作品、艺术家等的推出，都与美术馆的专业性和社会性工作有关。选择我看似突然也是必然。美术馆是艺术史的重要建构者之一，同时，也是社会公共的文化教育机构，能为公众提供文化服务。在当时的中国，美术馆还远远落后于国际，甚至不入"基本正常"之流。所谓的"美术馆"基本上是群艺馆加设备破旧、灯光昏暗的展览馆，而且多数是家属大院或"退流改行群落"，那时更没有"美术馆文化""美术馆专业"等概念。因此，在这样的现实面前，我有些许怀疑自己，也没有把握去这个还没完全建成的美术馆工作并作出一点像样的事来。

不过，我是一个有做事想法和干劲的知识分子，属于半个"热血青年"，因此，在汤小铭、王玉珏、林墉等老师的鼓励下，我抱着试一试、先了解一下情况的想法，骑着自行车到二沙岛转悠。我在一片半人高的芦苇杂草丛中，绕着一座灰绿色的还到处是脚手架的建筑物转了一圈，本想找个正门进去，最后只找到一个很小很矮的门，钻了进去……当时，我的心凉了大半截。当我见到主持工作的林抗生馆长，他跟我谈起广东美术馆的建筑特点、功能分布、未来设想后，我的心一下子又亮堂起来，觉得在这样的美术馆还是能作出一番事业。就这样，我调到了广东美术馆工作，也开启了我与中国美术馆事业此后二十多年的不解之缘。

1996年4月，我离开了广东画院。广东画院三年多的经历，深远影响了我的人生与艺术道路。特别是与这样一大批重要艺术家的日常交往与艺术交流，他们的艺术、他们的个性、他们的人格和他们生命中点点滴滴的生动和风趣，都深深地刻进我的记忆之中。

非常非常感谢广东画院!非常非常感谢王玉珏院长及汤小铭主席、林墉老师等艺术界的前辈老师朋友们!

2020年4月16日于广州绿川书屋

工作中的写作

　　工作占据了我们生命中大部分重要的时光，但对大多数人而言，工作往往是无聊、无奈的代名词。在体制化、社会化及人事纠缠与利益争执的工作环境中，我们的生命活力、冲动和热情逐渐被消耗。晚年蓦然回首往事时，我们抱怨、后悔自己的工作与人生，但是一切都已成为过去，一切都已无可奈何。

　　也许，在我们的工作过程和生命过程中，

我们会不时地提醒及警示自己，古训所言的"君子慎独"，寓意更可能是一个人如何在纷纭杂乱的现实社会和人生过程中，兢兢业业地保持个人的独立性和此在性。尽管这样的独立性和此在性对于轰轰烈烈的社会来讲是微不足道的，但是，对于我们的人生，可能有那么一丁点儿意义。为了这样一丁点儿的生命意义，我们必须兢兢业业地工作和生活。

我是从一个很小的机械工厂开启工作之路的，后来读书，之后进入出版社、画院，从1996年起，从事一份当时绝大多数人都不看好，到现在也没太多改观的中国的美术馆行业工作。正因为大家都不怎么看好，没有产生太多批评改进的声音，所以，对于我这样一个曾经学习过美术史论和美术批评，同时也搞一点美术创作，并曾经在机械工厂对车床、工件、工时管理等有点经验的人来讲，"美术馆"这样的行当，它的意义就成为我对工作思考的起点。

工作中，我开始了对"美术馆"这一行业的学习、思考、实践、研究及写作。工作和实践很具体，现实和社会也很具体，尤其是面对具有中国特色的国内美术馆现实，写作中的思考及研究可能成为我工作之外的一种精神寄托，我希望并努力将这样的精神思考和写作建立在一定的学术及学理的基础之上，既能够应对中国现实的美术馆问题，又能够对"美术博物馆"的规范化建设、学理性发展和理论性建构有所作为，既记录和思考中国的美术馆工作实践中的过程和努力方向，又体现作为知识分子和美术馆馆长应有的社会责任、理想和学术信念。其实，在这样的过程中，最重要的往往还是如何保持和坚持个人的立场及操守、个人的学术品格及生命理想，以体现自己作为"人"的一种人生价值。

因此，关于美术馆的思考和写作成为我日常工作的重要部分，在我多年副馆长和馆长的生涯中，所思、所做、所为、所行、所言，这些多少透露出美术馆这一工作的台前幕后，透露出个人与美术馆的工作、学术和生命关系。于是，我希望写作、出版一套关于"美术馆的台前幕后"的文辑。文辑第一辑以《作为知识生产的美术馆》为题，从美术馆与知识生产的关联、展览策划、典藏研究、美术史研究等几个角度切入，结合我历任广东美术馆和中央美术学院美术馆馆长的工作经历，梳理我在美术馆行业内行走多年的经验，剖析国内美术馆和策展机制的问题和特点，勾勒和揭露美术馆台前幕后的工作、理念、彷徨与坚守、思考与突破。同时，也收录我近年来美术史研究的个别专论等，希望立体呈现一位美术馆从业人员对于"知识生产"的认识与实践努力。

"知识生产"与美术馆关系问题的提出，主要是针对中国的美术馆长期以来的状态及社会对于美术馆工作的认识而发出的声音。2010年在国际现代美术馆协会年会上，我做了"美术馆的知识生产机制"主题演讲，我深深地感慨，这类"知识生产"的论题在西方的美术馆及社会中早已成为共识，他们的美术馆也早已超越这些论题的探讨。在中国，"知识生产"的价值、意义及社会职能，仅仅围绕知识的生产相关的层面，知识的理论研究还远远没有得到认识，更不用谈重视，尤其是在美术馆的范畴中，普遍没有这样的基本认识和基础知识。这些年来，我一直在思考和表述这样的观点，提出和论述了美术馆的"史学意识"、美术馆的"自主自立意识"、美术馆的"文化意识"、美术馆的"公共意识"与"公众政策"、美术馆"收藏的文化性"等议题，并在创办和主编的《美术馆》刊物（广东美术馆）和《大学与美术馆》刊物（中央美术学院美术馆）中，专题讨论"博物馆转型与中国现当代美术史研究""博物馆展示文化与藏品管理""全球化语境中的博物馆经济""美术馆的公共性与知识性""作为知识生产与文明体制的美术馆""当代文化中的美术馆""美术馆的文化策略与学科建构"等，也在自身从事的美术馆工作中，与我们的团队共同努力提高认识并进行实践。

美术馆是社会文化机能中的一个组成部分，美术馆职能的实现和完善、美术馆能量的发挥和聚变，一方面需要美术馆从业人员认识能力和实践能力的提高，需要美术馆从业人员职业道德的自律和提升，需要美术馆行业标准和运作机制的完善和规范化，另一方面需要社会对美术馆工作及事业的同步认识、支持、参与和监督，需要政府从政策层面和文化策略的高度给予专业性的引导和鼓励，需要专家和知识分子的指导和合作！

2012 年 5 月 11 日于中央美院美术馆

不负期望，坚守并努力

2017年5月26日，我终于正式退去了中央美术学院美术馆馆长的职务，尽管还继续负责主持《中央美术学院美术馆藏精品大系》（十卷本）编辑工作，到底，一下子觉得轻松多了，也开始有更多的时间可以静下心来整理整理自己近些年来关于美术馆学理论思考与实践经验的文字。

2012年，由中央编译出版社出版的《作为知识生产的美术馆》，主要是我之前关于美术馆工作的部分思考，书中突出强调"知识生产"与美术馆的关系之于当下中国美术馆行业的重要性。美术馆的知识生产包括管理与制度化建设、策展与展览、研究与典藏、空间与教育等各个环节，在我的知识和认知范畴里，中国的美术馆状态确实还是处在相当初级的阶段。因此，知识生产和美术馆的基础理论建设，以及美术馆在社会层面的基本认知程度等，对中国的美术馆行业来讲，还是需要提高的。2010年，上海举办"国际博物馆协会第22届大会"，安排我作为中国美术馆界主讲嘉宾之一，我以"知识生产与美术馆"为题做了演讲。而当我演讲时，忽然感觉到我的演讲主题面对国际的博物馆界显得有些过时，欧美的博物馆、美术馆早就解决了"知识生产""知识建构""学术自觉"等公共职责、学术规范、制度化建设阶段的问题，而从20世纪七八十年代开始，一些怀疑、挑战国际博物馆、美术馆的更深层或更有广度的相关问题被不断提出，如博物馆、美术馆的"知识体系"是怎么被建构起来的？这其中存在的可能的问题是什么？这样的知识话语权的产生是由什么样的因素决定的？这样的体制性权力构架与运作方式是不是值得质疑？我们是否应警惕这样的体制性权力？美术馆与知识传播、教育与文化平等、社会平权有什么关系？等等。其实，这些问题的提出及人们的深思与追问，也引发了博物馆、美术馆系统整个运作机制发生新的变化，包括藏品、陈列、策展、空间、教育、公共性、传播、社群等的知识性重构与观念性转变。很多问题都是未知的、没有形成答案的、具有开放性的，甚至挑战和令人重新思考博物馆、美术馆的存在形态与价值意义。同时，这样一系列问题的提出，其背景与当代的文化学、社会学、哲学等理论有着同步性的密切关系，如"体制批判""话语权力""公共性""空间生产""媒介理论""传播学""关系美学""文化平权"等观念与理论话语，这些都为博物馆、美术馆提供了新的思想依据与实践向导。

因此，我开始意识到，尽管中国美术馆所处的环境及专业氛围尚处于追赶、补课的发展阶段，我自己作为中国的美术馆馆长，从广东美术馆到中央美术学院美术馆，一直处于学习摸索的过程中。经历这样的阶段和过程，我有很多切身体会和现实的感触与思考，甚至有不少无奈。我们的美术馆工作除了不断在不容易的现实基础上学习、提升、坚守、抗争,逐步完善美术馆的基础工作外,更需要有开阔的视野、深度的思考、开放性的实验,逐步建构与国际同行专业、当代文化平等对话的平台。在北京及中央美术学院这样的学术氛围里,我开始了新一轮美术馆工作的思考与有限度的新实验,通过展览、教学、研究、写作等,将自己在美术馆工作实践中的一些所想、所思、所做、所为呈现及梳理出来,这一本题为《新美术馆:观念、策略与实操》的论文集就是这个阶段工作的思考结果。在这个过程中,我深感当下环境中学术思想的碰撞激荡,对美术馆工作及理论的新思维至关重要,很多同行与跨界的学人朋友都给了我很多的帮助与激励!尤其是潘公凯、范迪安、徐冰、吴洪亮、田霏宇、张子康、巫鸿、冯博一、谢小凡、钱林祥、朱青生、许江、高士明、顾铮、李天纲、汪民安、王家新、西川、刘小东、隋建国、苏新平、易英、殷双喜、尹吉男、李军、曹庆晖、余丁、刘小淀、王小帅、刘元、李公明、杨小彦、李伟铭、冯原、陈履生、王春辰、舒可文等师长朋友们,非常感谢大家对我的工作予以实质性的支持和帮助!

  我自2014年开始在中央美术学院招收博士生,开设的专业从"博物馆与文化政策""美术馆学研究"到"策展实践与视觉传播"(导师组),一直从"美术馆学"相关方向来展开,也培养了一批成绩优秀、思想独立、志趣相投的博士学生。他们年轻富有活力,理论视野开阔,外语及国际交流能力很强,信息资源很丰富,大家在一起讨论时,都认为中国的美术馆学研究需要有一种新的视野、一种新的理论高点,也需要开辟一个新的理论与实践平台。我在"携手·共享"2018美术馆发展论坛(烟台美术博物馆)上的主题发言,提出了"新美术馆学"的概念,并阐述了"新美术馆学"的内涵构成、历史责任与当代意义等。2019年,广州美术学院聘我来参与该校美术馆群的工作时,我提出要建立一个"新美术馆学研究中心",学校非常认同,并给予了大力支持。这两三年来,我们与广西师范大学出版社合作,编辑出版了《新美术馆学》系列研究文辑、《新美术馆学研究》丛书等,也在疫情期间,连续举办了二十多期"新美术馆学"系列讲座,并参与了具有"新美术馆学"实践实验意义的"泛东南亚三年展",同时,也在筹备建立美术馆展览资料文献库等。应该说,新美术馆学研究中心的建立及相关工作的开展,得到了业界的年轻学人、同行的高度关注与参与,获得了不少人的认可。新美术馆学研究中心的成立及运作,离不开广州美术学院的支持,特别应该感谢校长李劲堃教授的学术相知!

在这里,我更要深深感谢引领我走上美术馆这条人生之路的广东美术馆首任馆长林抗生老师!1996年我在几乎对美术馆知识一无所知的状态下,被林抗生馆长召唤进刚在装修尚未开馆的广东美术馆,林抗生馆长以他平和认真及具有知识分子品格的人格魅力召唤我们一群年轻人走进美术馆,走上学术之路,成就了我们这代人的事业与人生。最近翻阅到2010年2月21日林馆长重病期间给我和玳玫的一封信,读之泪水盈眶:

> 璜生和由他带领的广东美术馆首批年轻团队,为广东美术馆第一个十年成长作出了开拓性、奠基性、极具里程碑意义的突出业绩,并以十年办馆的成功实践,迈入全国美术馆的先进行列,对推动我国方兴未艾的美

术馆事业发展作出了历史性的积极贡献。业绩已铭记于历史中，我为你们的勇气、胆识和心血付出而感动，也为你们克服种种困难和干扰而取得的成功而骄傲自豪。

我希望璜生能把十余年办馆的理念和实践经验，从理论上加以梳理和升华，利用学院这块教学讲台传授于年轻一代学子。只有把现代新观念、新思维逐步普及于社会大众，美术馆的真正功能和职业操守才能得到坚守和成长并发展下去。

我总感到人生苦短，在短暂的人生旅程中，真正全身心付出的没有几个光华的十年，除读万卷书外，多写作也许是延续生命光华的一个较好依托。璜生具备这种优势，既有宏观的思维分析和判断表述能力，又有于行动实践中熟练驾驭贯彻的功力，这是难能可贵的，应充分发挥这种潜力和优势。

上述之言，绝非奉承恭维，我们之间也没必要有这种虚伪，这是我发自内心的期望……

在接到这封信三个月后，林抗生馆长离开了我们！离开时，他要求不要告知任何外人朋友。那几天我正好从北京回广州，忙儿子高考的事，心里想着忙完就到医院看望林馆长，没想到他就这样悄悄地安静安详地走了。我得知消息后，当即含泪写下《您带着一片宁静走了》一文，以表无尽的悼念！

  我一直谨记着林馆长的寄望，"只有把现代新观念、新思维逐步普及于社会大众，美术馆的真正功能和职业操守才能得到坚守和成长并发展下去"。这里说到的"新观念""新思维"及美术馆的"真正功能""职业操守"，就是老一辈中国的美术馆知识分子的一种真知灼见，也是振聋发聩、卓有远见的呼吁！不辜负林馆长的期望，我们坚守并努力着！

2022 年 5 月 20 日于广州

记忆的倒影：碌碌「而为」

曾经发生的事情是具体的、物质的，而一旦形成记忆，进入回忆，那就是一种精神性与感受性的迹象了。可能，我们会不自觉的选择性遗忘，也会选择性的去雕刻那过往的时光，成为凝固的瞬间，并与当下产生诸多关联，影响着我们的生命与生活。这也许可以称为时间的倒影，记忆的倒影。

我认为自己只是一个长期潜伏着的业余艺

术家；一个专业为别人做展览、为别人管展厅、管藏品的"curator/director"（馆长）。所谓的"专业"，就是在国内这样一个较业余、混乱的美术馆环境中，希望相对"管"得专业点，"管"得认真点、像样点，就这样，忙忙碌碌地"管"了20个年头，从广东美术馆"管"到了中央美术学院美术馆，以至大家都习惯叫我"王馆（管）"。这么多年的记忆中，明知是碌碌无为，明明知道为而无功，本就该学会不为也便无过，但死心眼无为而为，碌碌"而为"，不仅苦了自己，也累了大家，所以自我嘲讽自己只是一个潜伏着的业余艺术家。

其实，美术馆的这份活还是挺有意思的，有意思在于当你焦头烂额、到处碰壁时，忽然会有柳暗花明的一刻，而且更重要的是你要慢慢学会"自我柳暗花明"的心态，这一刻和这样的心态是很美的。做第二届广州三年展，千辛万苦地筹备后，展览终于开幕了，晚宴上，在国际上见过那么多大世面的侯瀚如喝得有点多，抱住我大哭起来，我也哭了！这在我们的人生中是很美很美的一刻。

记得小时候读过小说《钢铁是怎样炼成的》，对于那时幼小的我，这是那个年代最深入灵魂的书。我认认真真地抄录下一段很经典的文字:"当他回首往事的时候,不因虚度年华而悔恨,也不因碌碌无为而羞愧。"这里头就有"碌碌"二字,并与生命的意义关联起来。于是,这"碌碌"就冥冥中成为我生命中的一种状态。我有时候想,一个人如果无所事事地无为,那将是多么无聊和难熬!幸好,天生的性格和从小就艰难的生活,使我喜欢于"碌碌",不太在意是"无为"还是"有为",我更在意"而为",碌碌"而为"。

这样,属于专业工作范畴的事没完没了地烦人揪心,属于调节生活方式的业余艺术创作就成了我消解那些烦人揪心之事的一种手段,也成了我精神和思想宣泄、表达的补充方式。这便有了从"守望星辰"的大花大墨,到剪不断理还乱的"游丝""游象",再到充满暴力、脆弱、伤害、呵护、凄美、诗意、光影、虚实等对比关系的"隔空""谈话""溢光""缠""渗",业余的艺术创作越来越吸引我,有点被吸进去的感觉。于是,多了一层从业余变成专业的欲望,也就多了一份专业的烦人和揪心。还好,做展览、管展览的专业工作到了快退休的时候了,新的专业有望进入新的碌碌状态之中。

忙忙碌碌中，美术馆与"王管"之间，艺术与艺术家之间，专业与业余之间，广州与北京之间，所产生的记忆与回忆之间，犹如水中倒影，折射出不同的我，仿佛行走在各种平行时空中——碌碌"而为"的一种存在状态——这些平行时空的我既是独立个体又由某种精神贯穿着。

最近，网络上到处充斥着"南方系"媒体陨落的消息，我想起2009年7月离任广东美术馆调往北京时，《南方日报》以一整版做报道，记者采访了郎绍君、范迪安、陈履生、杨小彦、陈侗等。刊出时大标题很大胆："广东美术馆的'独立精神'会动摇吗？"

那些留存于生命中的记忆重新读来，好些感动和感慨，给生命平添了诸多的诗意！

2015年9月于广州

呼一吸：危机警钟

《呼／吸·关键词》一书就要杀青了，但是，持续三年的"新冠"还是没有被"杀清"，还说要与这个世界、我们的人类长期共存下去。人类的呼吸曾经因为"新冠"而变得紧张起来，历史上也曾因种种自然的、人为的原因，使人们憋起气来关注自身的呼吸问题。一呼一吸，对于我们这样的常人来说，似乎是再自然不过的事，所以对它的存在从没认真思考过。然而，当我们要去关注"呼吸",即感受"呼吸",什么是呼,什么是吸,怎样呼怎样吸,呼和吸之间的关系是什么,呼吸对于我们日常及生命的意义是什么等问题时,我们一下子就不知怎么呼吸了。

我对"呼吸"的特别关注始于对氧气瓶的一种特殊感受与理解。2019年春夏间,因亲人的缘故,我在汕头不断接触氧气瓶、呼吸机、气压表、病床、消毒水等物品,尤其每次看到那沉重而有着威胁感的氧气瓶时,我总会将它用于急救、帮助病危者解除呼吸困境、拯救生命的特性与满是高压、体量大,形似炮弹、鱼雷,潜藏着巨大危险等特征联想起来,这种双重性的意象,和我日常感受、思考的人与社会的状态非常契合,一种隐约的危机感和茫然无措的感觉就像无处不在的"氧气"与每时每刻都在进行的"呼吸"。于是,我以对现成物的社会性、文化性比较关注并经常应用于创作的艺术手法,开始将氧气瓶作为我艺术创作及意义开发的新起点,因此,就有了后来一系列的从平面作品到装置作品、影像作品,再到综合性现场和跨界场域的创作,最终形成了"王璜生:呼/吸"展览,及在上海龙美术馆、上海时装周、德国哈根奥斯特豪斯美术馆、山东美术馆、广州33当代艺术中心等空间的展出。有意思的是,《呼／吸》的作品开始创作于2019年中,并确定了"王璜生:呼／吸"展览于2020年2月至3月在上海龙美术馆展出,这组作品及相关的展览主要想表达的是对一种特殊的现实生存状态与环境的思考和矛盾性心理,及对潜伏于现代社会以"拯救"为名而合法存在的危险性警示与反思。当2019年底与龙美术馆的策展人顾铮教授商议展览题目时,我们不约而同地蹦出了"呼／吸"这一题目。此外,在2020年1月春节放假前,我已经将2月份在上海展览的请柬、海报等设计并印刷出来了,请柬的包装还加进了一条输送氧气用的小小透明管。

真没想到,在老家汕头家里等待过春节的过程中,疫情暴发了,而且来势凶猛,到处笼罩着恐惧与不安。一下子,除了面对紧急、坚决、无可奈何的措施外,每个人都开始学会关注自己的"呼吸"状态,将"呼吸"与肺部是否变黑、变硬、变纤维化关联起来,而时刻带出无奈的紧张感。似乎,我们第一次这样认真地、在意地关注起自己的"呼吸"来。这种情况下,身体是一种政治,当我们对自己的身体、呼吸如此地关怀并作必要的捍卫时，引发的话题与行为便延伸为"管控""隔离""监控""流调""弹窗""行程码"等等，进而触及"社会管理机制""人的行为自律""人的自由价值""身体的个人性与民主性"等议题。这时，国外以"I can't breathe"（我无法呼吸）为口号的游行与骚乱，将"呼吸"直接引向于种族、政治、人权、暴力、自由的社会愤怒与宣泄。"呼吸"不仅是生理的需求与现象，更直接与生存权利、生命政治等紧密相关，"I can't breathe"甚至变成了一种宣言！在其后的游行中，这一口号总是伴随着抗争的人群，成为社会情绪的一种象征。

在国内疫情有所缓和的时候，"王璜生：呼／吸"展得以在上海龙美术馆举行。经历了这段不寻常的国内国际的现实遭遇与思考，在这期间，我也进一步创作了一些新的作品，特别是在疫情最令人焦心的2月的一段时间，画了一批《疫期日记》，用我的艺术与媒介方式，记录了疫情期间对每天发生之事的焦虑与感怀；又在3月份疫情还在肆虐时，我飞回北京，隔离后与我的工作团队、合作团队到近乎空无人烟的郊外河滩，开始拍摄和创作作品《风之痕》，最后完成了包括影像、纸本、胶片、装置等不同媒介及艺术手法的作品系列。现在回过头来重新看这一作品，联想到当时的创作环境、心境及精神状态，自己不时为那影像画面中空寂而淡淡忧愁与惧伤的情愫所感动。风吹过，透明的风中带着生命的痕。就这样，在延期的上海展览中，我增加了一些感怀"呼吸"的新作品，也为原有的《呼／吸》大型装置影像作品增强了现场的视听觉力度及氛围情绪。

　　艺术往往是与时间、空间及时间和空间交会的现场关联在一起的。"王璜生：呼／吸"展览及相关的作品随着时间与空间的变化，在这样的疫情起伏不定，社会充斥着政治、经济、战争、疾病、贫穷、信念道德等危机的特殊时期，一次次地与现实的现场、历史的现场、文化的现场发生着关系，也不断演化产生新的可能性及意味。从上海的现场到德国莱茵河畔的哈根，从美术馆、博物馆的现场，到时尚、流光溢彩的T台，到北京、上海、济南、广州不同人群、不同角度的区域现场等，"呼吸"作为一个问题，也作为系列的作品，不断以不同的角度与方式呈现，也将"呼吸"的问题带入不同的追问框架，希望引发对生命、危机、现实、未来、个体、社会等的观照与思索。

其实，"呼吸"是一个古老而永恒的话题。中国早在春秋时期就有"吐纳"的说法，这既是生存之道，也是养生之道，甚至还延伸至自然万物之规律与法则。而当"呼吸"进入到社会的视野，在以社会为基点的框架中被研判、认知并不断发现新问题时，便生发出种种与社会、时代、现实相连接的思考与追问。徐梦可博士就是从我《呼／吸》作品的创作开始，以社会学与知识考古学的追问式思考，进行《呼／吸·关键词》一书的写作。我的创作和展览过程，成为她写作的引子和分析的材料，而她的"关键词"又对我的"呼吸"作品构成了意蕴的延伸。

最早对我《呼／吸》作品进行解读，并构思策划这一以"呼／吸"为议题的展览的策展人是顾铮教授。他一针见血地指出我作品中的"危机意识"，并以他作为坚守精神立场的知识分子敏锐而铿锵的批评性语言，敲响着"危机现实"的警钟！

"危机"在继续着，也将变换着各种各样的样式，因此，"警钟"时刻回荡着。

2022 年 11 月 9 日于广州，
此时广州疫情又一次处于紧张中

南艺时光

每次想到南京艺术学院（以下简称"南艺"），就有一种被不同的"时"与"光"笼罩着的感觉，而且，这样的"时"与"光"总带着一种天真而纯朗的回忆与心态。

我前后两次在南艺求学，每次都是三年的时间。不同的年龄，不同的背景，南艺带给我非常不同的心理感受和体验。

第一次是1987年至1990年，在一种渴望进入大学学习而苦苦寻求突破口的情境下，我来到南艺，攻读中国画论硕士研究生；第二次是2003年至2006年，在江湖混迹了十三年之后，重返南艺校园，渴望重新找回校园那种单纯和宁静的氛围。

第一段南艺时光给我印象最深的是，寒假过后，从一年四季全是绿色、几乎没有色彩变化的广东老家回到南艺，原本还处于老家那有些冬天未尽的萧索情景，忽而感觉一夜之间树梢的嫩芽就冒出来了，紧接着校道边山岗上嫩嫩的白色和粉红色的樱花也东一片西一片地冒出来，布满整个视野。每当这个时候，我的心里也会像春天的景象一样，天真地想象着，对自己的学习和未来的生活充满更多憧憬。现在有时回过头来翻阅当年的日记和笔记，觉得那时实在是"嫩"，无论是知识，还是对人生的认识等，都很"嫩"、很天真，也很纯朗。

在南艺我有幸拜入周积寅先生门下，周先生当年第一次带硕士研究生时，就带了三个，薛翔、敖英和我。在1987年，一位导师一年带三个研究生算是很多了，那一年，全南艺才招了七个研究生，与往年相比，一年招收七个硕士算是多的，不像现在一招就是一两个连的人数。

我除了钦佩周先生有深厚扎实的学问功底外，最令我感动和受益的还是他的为人和对学问天真、纯朗的态度。他上课时，无论是时间过点了，还是我们精神如何涣散，他都是一板一眼、一词一句地将课讲完。对于个别学术问题，我们可能有不同理解或意见，但他总是十分坚持，甚至固执。他有时也会与我们聊家常、聊社会，也总是带有那么一种天真、纯朗的态度和口吻，这让我们心里觉得，这是个挺可爱的"老夫子"。我觉得一个人的生命中，最重要的是保存和坚持这样的品性。

另一位对我影响至深的是谢海燕先生，当年我父亲王兰若就学上海美专时，他任教务长及教授。谢海燕先生既是我父亲的老师，也可说是父执（我父亲比他小一岁，平时也多有交往），还是同乡（潮汕揭阳），因此，我到了南艺读书后，便经常到先生家里请教。谢海燕先生和夫人张嘉言老师对我就像对待自己的小孩一样，无微不至地关照我。在他们身上，我同样感受到一种亲切的气息。老人家们对国事、历史、艺术，还有下一代的关怀，都是那么淳朴和诚挚，他们总在默默地提醒着我，人需要天真和挚诚，这是为人、为事最宝贵的一种本性。

我就这样带着一些生命中的榜样和目标，带着一些向往和努力，在南艺度过第一段三年时光。1990年我毕业了，也带着天真和纯朗的心态走进了社会，走进一个光怪陆离的世界。步入社会，我依旧保持这样的本心，学不了老成与世故，只是偶尔会很想撒一下野。

2002年12月，南艺九十周年校庆，我回到阔别多年的校园，见到了很多师友，特别是导师周积寅先生将大多数的弟子召集回来一起聚餐，看着师弟师妹们依旧天真和纯朗的样子，那些笑容和劲头，让我想起了自己当年在南艺发生的很多事，于是，在众多师友的鼓励下，我下决心报考博士生，再返南艺校园。

这就是第二个阶段，即2003年7月至2006年6月，我在南艺校园又度过三年时光。这一次我不再纯粹是一个学生，而有了多重身份，这使我的校园生活多了些内容，当然，也杂乱了很多，似乎难以找回当年的心境。

从1990年离开南艺校园之后，我当过编辑，出入在出版单位，负责撰写、编辑当代艺术评论及相关内容，到过画院，养尊处优地当了一阵专职画家和理论家，也被硬拉到筹建中的广东美术馆,从专业副馆长到吃喝拉撒都得管的馆长。谁都知道美术馆馆长不好当,但是我偏偏想将美术馆的事干好,这不苦死人、累死人才怪呢!自己苦点、累点是自找的,但被我拖累的、苦累了的人自然有种种的不爽。很多人得到别人的好处一般不会记得,而苦累之处却会转换为怨气,记住一辈子。我觉得有必要变换一种方式来适应摆脱不了的工作与生活。就这样,我来到南艺攻读博士研究生。实际上,我一半是回到南艺校园做学生,而另一半,依然摆脱不了轰轰烈烈而又折腾的工作。

我简单地回顾了一下,仅2005年这一年,1月,"首届广州国际摄影双年展"隆重登场;5月,"毛泽东时代美术文献展"及研讨会有声有色举行;11月,"别样:一个特殊的现代化实验空间——第二届广州三年展"好戏登台。这一年,我读博二年级到三年级。这一年,对我来说,南艺给我印象最深的是"夜色",因为一方面是想摆脱常规性的馆长工作,躲到南艺的校园来重新找回曾经的天真和纯朗,而另一方面,馆长该干的工作还是得干,性格也使自己放不下、放不开一些东西。因此,三年的时间,尤其是第一年,几乎每周都在"夜色"里来往于南京与广州之间,"夜色"里来来往往的经历,使我对人生有了另一种体验和感悟,特别是在夜深人静中进入南艺校园,来到杂乱而有"章"有"文"的学生宿舍,感觉一下子与白天繁华、热闹喧嚣的世界隔开,焦躁的心态瞬间平静下来。我当时曾在路上写过《夜色独行》短文,现在重新读来,另有一种意味,也是当时一种心态的记录:

> 这么多年来,独来独往,阔行于南南北北,似乎这也成为一种生活方式。上午开会、中午宴客、下午签约、傍晚在茫茫夜色中驱车机场,登上飞向远方的航班,这在我的生活中已是一种家常便饭。每次出差或远行,总匆匆捡上几件行装,提上箱子就出发了。每到目的地,无论是新地方还是老地方,总会觉得有一种新鲜的期待在等我。为了这种期待,为了某种未知,我对旅途充满了莫名的兴趣。
>
> 只是,渐渐地,期待淡化了,新鲜感弱化了,未知和莫名的感觉也都变得相似,新地方与老地方变得没多大差别,老地方也变得像新地方一样陌生,浮动着遥远的感觉。

陌生和遥远，使我油然而生淡淡的愁绪，甚至有时还会有莫名的惊惘之感。也许，年龄、心理、体力、激情已有些下沉，是消沉抑或沉实；但是，生活、工作、家庭、感情，以及各种说不清的累、说不清的焦虑，使自己不得不强挺起精神。

每当独自一个人走上遥远的路，片刻的安静也能让自己对走过的路、做过的事、度过的日子有片刻安静的回想，说不清是回顾，是反省，还是回味……

这些年来，似乎轰轰烈烈地做了一些事，也得到一些赞许，但在轰轰烈烈的背后，总感到某种莫名的无奈和对人生的无能为力，强撑着笑脸面对熙熙攘攘的人世间，面对赞许也面对批评，面对羡慕也面对无奈，尤其是每次被迫去高谈阔论事业、理想、经验等这样的时刻，一种无影无形的苍凉总会飘然而至，笼罩在淡淡的微笑和茫然的脸上。过去的、现在的、梦中的、现实的，一切都变得似曾相识。曾经为某些大事小事或兴奋不已或焦虑不安，如今也多少变得淡淡如茶、悠悠如水。事如此，情也如此，曾经火热的心也在青烟袅袅中体验着事的安详和情的宁静。

心安详宁静下来，路还很遥远、很遥远。独行在清灵透彻夜色中，我心依然有幽幽的、淡淡的某种期待……

重读这样的文字，追溯当初写文字时的心境情境，我顿时有一种重新回到南艺的感觉。这样的文字，大概只能在南艺那种天真与纯朗的氛围熏陶下，只能在经历了社会的热热闹闹、杂七杂八之后，继续保持那样的心境才能写下。
怀念在南艺那天真与纯朗的时光……

2012年10月31日于韩国首尔

毕业是一种新的开始

我早已忘记自己是如何完成在南艺第二次的三年学业,也记不起自己是如何写完博士论文的最后一个字。

那段时间,头脑整天乱哄哄,在一大堆美术馆及生活的杂务琐事中,我坚守于青灯下苦读,是对一份宁静的渴望,还是一种自讨苦吃、无可奈何的挣扎,或是对自己曾经有过的一丝文化人的情怀和信念的追求,自己心里也说不清。但是，最终我坚持了下来，坐在那试图让我隔离于乱哄哄外面世界的书桌和电脑前面，留住心里的一点空间，强迫自己进入与古与今、与充溢着思想和文化的历史情境、与现实情境交流对话的境界。读书是一种难得的幸福，我认为幸福是种只可意会不可言传的心灵感受！

我曾于1987年至1990年在金陵石头城下的黄瓜园度过安静的三年读书时光，那时研读的是中国的古典画论。中国画论是我的学研专业，拓宽了我的视野，让我更深入了解了精深渊博的中国古典文化，中国画论也是我向内寻求、叩问灵魂的一种自我修炼的方式。然而，当我走出校门，步入社会，从事和面对的都是一些与现代有关的事和物，我时不时地思考和比较着在这两种差距如此之大的张力中，文化所呈现的方式和所产生的内涵究竟有多大的差异，这种差异的本质及原因又是什么？当然，答案很笼统、很模糊，这或许是专属于我的迷惑。

离开黄瓜园十三年后，我又有机会重新一只脚跨进校门（另一只脚踏在社会），这时，我的思考和比较就处于交叉往返的流动形态中，内容也更为庞杂繁复。于是，我对中国画论的继续研究就建立在与现代社会的交叉往返的思考比较上，我的博士论文研究专题也就依据这样的思考，对中国古典画论的现代转型进行动态的研究，也就有了这份在这样动态情境和心境下完成的文字。

我非常感谢我的导师周积寅先生！周先生带我走进艺术学院的大门，无论是硕士还是博士阶段，他都不断给我鼓励和谆谆教导，让我坚持下来，并在学业上取得进步。我多年在社会上摸爬滚打，他也一直给予着师生间亲切的关注和鼓励。我很惭愧自己没有以更好、更多的成绩来报答老师及师母多年的教诲、关心和期望！

我非常感激已经九十六岁高龄的父亲王兰若先生，我学的第一篇中国画论，就是他在故乡荒野破庙里微弱的灯光下，一字一字、一句一句地给我解读，当时是"文革"期间，我家正处于极其艰苦的环境，一家大小被迫回故乡务农。后来我读上了中国画论这一专业，这也许是冥冥中的一种命运和学术情缘。

我也该感谢我的妻子姚玳玫博士，她总能激励我不甘落后，奋起直追。更何况她还时常在忙完厨房、小孩、工作、学生的种种事务之后，仍然不忘在饭桌上为我的论文及学术上的问题，和我唇枪舌剑一番，这使我受益匪浅！

我还要感谢的人很多很多！

毕业了，又了却一桩心事，但是，这又将是我人生的一次新开始。

2006年4月22日于广州绿川书屋

那些年，二沙岛的那点事

一、走"后门"进美术馆

到美术馆之前我在广东画院工作，我的画室挨着广东美术家协会主席汤小铭老师的画室，他当时是广东美术馆筹建办主任。

有一次，汤老师叫我将美术史论专家李伟铭请来。李伟铭是一位很有建树的美术史论家，他对美术馆之于社会和艺术领域的意义有自己的独特理解。

在我的画室里,汤老师向李伟铭介绍了广东美术馆的筹建情况和未来蓝图,希望李伟铭能过来任业务副馆长,当时广东美术馆建设已接近尾声,急需专业人才负责相应的工作。汤老师和李伟铭谈话时,我不断打边鼓,鼓动李伟铭接受这位置和工作。不过最后李伟铭还是婉拒了。

后来我还听说,不只是李伟铭婉拒,美协当年想从湛江、惠州调来任此职位的多位重要人物,也都婉辞了。其主要原因是,在当年,美术馆大概率就是个没有钱,又充斥着"家属""关系"的"群艺馆"罢了。由此可见,当年大家对广东美术馆的现实和未来普遍不看好。

当时,我在广东画院这个悠闲自在又光环满满的地方工作,画画、写作、读书,还可以"忽悠忽悠"领导、画商、老板,好自在。

某天,汤小铭主席找上我,紧接着林抗生常务副主席,这时已是广东美术馆馆长,也找上我,林墉副主席和我们广东画院的领导王玉珏院长也先后与我谈了话并相继劝我,所有人的谈话主题都围绕一个事——希望我能够参与到广东美术馆的工作。没有怎么多想，我就很爽快答应了。

说实话，我那时对在建并且已经建了八年多的广东美术馆一无所知。

那时候，二沙岛上满是野草和高高的芦苇，芦苇开着白白毛毛的花，很美。我曾经路过二沙岛，顺手采了一大束芦苇花回家摆设，当时就没留意到这里有个在建中的美术馆。广东美术馆建设过程中，经常有人在夜里开着大卡车，大摇大摆到二沙岛来偷美术馆的钢筋、水泥、木料等，由此可知，那时的二沙岛是怎样的一种"荒凉"状态。

我第一次到二沙岛找寻在建中的广东美术馆是在1996年3月。用"找寻"这样的动词，不算夸张。一堆不太起眼的灰绿色外墙建筑物，隐落在高高的芦苇和杂草之中，以至我第一次来到这里，找寻了老半天，绕了一大圈，才找到一个不大，还有点低矮的好像是入口的"大门"，我心想，怎么会将一个美术馆的大门做得这么低矮呢！后来才知道，那是通往珠江边的后门。

就这样，我从一个低矮的"后门"第一次走进广东美术馆。从那时候起，我在这里一干就是十三四个年头。

二、"找牙"和"飞毛腿"

那时候,在美术馆上班的人并不多,除了很慈祥但也很严肃的林抗生老馆长外,几乎都是年轻人,年轻人总是好动、好玩耍。记得有好几次中秋节夜晚,大家都是自带一些食物,聚在美术馆的后广场草地上赏月。名为赏月,其实更主要是玩闹,还比赛翻跟斗。

我有一颗门牙是假的,那时候还没有种牙这种技术,我那颗假牙是套上去的。有一次中秋时,我们在草地上闹着、笑着、喊着、翻着跟斗,正开心处,我发现那颗假牙不翼而飞了,说话也开始漏风。我不敢作声,悄悄找寻,也不敢再大笑大闹,怕在这么多同事面前露丑。熬到曲终人散时,我的假牙还是没找到,大家都各自回去了,我找了个理由继续寻找,但就像大海捞针一样,假牙还是没有找到。

第二天一大早,我又跑去找牙,心里一直嘀咕,如果找不到门牙,上班说话就会漏风,那太尴尬了。幸好,皇天不负有心人,在一片杂草丛中我找到那颗假牙，当时的兴奋之情难以言表，终于可以若无其事、一本正经地出现在办公室里，侃侃而谈昨夜的快乐时光，浑然忘了曾经的尴尬。一想到这，我都会偷偷地笑。事实也是如此，待到大家上班见面了，面对一位西装革履的副馆长，大家没说什么，就和平时一样好像什么也没有发生过。然而，若干年后，在一次谈论中偶然谈起那次中秋时，才发现他们都已经知道我掉门牙的事，都在假装不知道偷着乐。随后，大家又是一阵开怀大笑。

那年头，让人开心的事还有不少，每次回想起来都觉得其乐无穷。

每逢同事过生日，大家都会聚在一起，买来蛋糕等，欢乐一番。有一年，几位同事的生日刚好在同一个月，一天中午，大家聚到三楼的图书阅览室吃喝打闹，将图书室的阅读桌排成一行，大家轮流上去表演时装秀，走T台。漂亮姑娘们走得有模有样，轮到我这个又高又瘦还有些老的男人走T台时，那情景实在有些搞笑，更搞笑的是，在大热天，我经常穿短裤上班，长长的腿长满粗粗黑黑的毛，在平时的工作和交流中，大家也没什么特别的感觉，当走上T台，在那不大的图书阅览室空间，大家近距离地看到我的腿毛时，爆发出一阵阵狂笑，随后被大家起了"飞毛腿"这个绰号。

三，止不住的"泪"

后来有位艺术家跟我讲，那年首届广州三年展开幕前，黄永砯的作品《蝙蝠计划2》被强令拆除，大卡车将拆除的废铁运走的那一刻，他看见我眼角满是泪花。那时，他一下子觉得我是个有血性的汉子和可交的朋友。回想那年，我跑到北京文化部解释和劝说这件作品不能拆，但是，在重重压力下，一切都是徒劳。

其实，每逢重要、重大的活动，大家都忍不住流过泪。

2002年首届广州三年展能顺利地举办，离不开大家顶住巨大的压力，超负荷的工作这一事实。展览开幕后，我通过朋友的帮助，组织大家到上川岛和下川岛放松。晚上大家聚餐喝酒时，郭晓彦这位负责展览的办公室主任，平时很能喝酒从没见她醉过，但是这次却突然喝多了，抱住我大哭起来，不仅大哭，还吐到我衣服上。

郭晓彦是由黄专老师临危受命加盟广东美术馆，承担事无巨细且复杂而压力巨大的"三办"主任工作，既要处理好策展人、艺术家及馆里各部门的工作协调关系，又要适应人生地不熟的广州，协调陌生环境中生活、工作等各方面的问题，压力很大。首届广州三年展告一段落，这场聚餐，也让她的一些压力瞬时得到很大的释放，最终醉倒在地。我后来听别人说起，当年的首届广州三年展来了很多艺术家，入住的酒店是二沙岛美术馆旁边的省政协招待所。这里平时主要接待大领导或者一些政务人员，碰上一大堆自由惯了、不修边幅的海内外大牌艺术家时，自然会引发不少误会。郭晓彦到艺术家入住的酒店处理酒店方的质询投诉，已是家常便饭。这种由于身份、习惯差异而引发的投诉、抱怨，以及郭晓彦机智的斡旋和应对，虽然在他人看来是各种可以开怀而不可以泄露的笑资，但个中真正滋味，却只有当事人才最清楚。

同样也是与首届广州三年展有关，第二届广州三年展于2005年9月开幕，我们举办了盛大的庆祝晚宴，很是热闹。正要开吃，艺术家朱加等大喊："慢，我们艺术家有礼物要送给广东美术馆！"这时，一群艺术家拥着推着一辆餐车，很有仪式感地缓缓走进宴会大厅，餐车上一条红布，蒙着一堆东西，一直走到我的跟前，让我代表美术馆揭开红布，喔！是一头石湾陶瓷的大红牛，红布上写着："送给最牛的王馆和最牛的广东美术馆团队！第二届广州三年展全体参展艺术家。"当时，我的眼泪差点就夺眶而出！

宴会开始，大家互相敬酒，好不热闹！策展人侯瀚如更是兴奋不已，向宾客频频举杯。宴会结束后，正当大家缓缓离场，侯瀚如忽然跑过来抱住我大哭起来，周围的人一下子都惊呆了，他太太和一些艺术家都跑过来拉开他劝他，他激动地说："王馆，革命尚未成功啊！"侯瀚如对当代艺术的发展一直非常执着非常投入，他对这届广州三年展更是投入了巨大的心力和期望！

当代艺术的"革命"确实还不能用"成功"来概括和定义，当代艺术的"革命"是永远进行的，这正如第二届广州三年展的策展团队提出来的当代艺术"生长""生产"的概念一样。

每年度的学术委员会会议，都是由馆长向委员专家、领导们做年度工作报告，大家提提意见，相互鼓励。我已记不清楚那是哪一年的广东美术馆学术委员会年度会议，仔细想来应该是在第二届广州三年展之后，会议当时是在南湖的松林宾馆举行的。那年，我们刚举办完积聚三年压力的三年展，找策展人，接洽艺术家，联系赞助商，坚守某种精神，除了为学术找点说法，还要提防一些小人的暗箭或朋友们的误解，更重要的还是遵从自己的内心，坚守和追寻那么一丁点的所谓生命价值。当这一切交织在一起时，会让人焦虑忧郁、心力交瘁。平时工作时，一整天都忙忙碌碌，也就没想那么多，而在这一次的会议，我在汇报、分析、解释、表达工作报告时，不知从哪里来的一股"酸"，一下子涌上心头，涌向眼角，一下子，眼泪哗啦啦流了出来，声音也哽住了。在场的专家老师、领导还有同事都惊讶了，学术委员会主任，老馆长林抗生老师一个劲地安慰，"别急，慢慢讲，慢慢讲……"最后，专家领导们也不好意思再提意见了。

在广东美术馆工作的十三年间，有好多好多有滋有味、酸甜苦辣的事儿和记忆，其中，最令我难以忘怀的还是那支团队——"最牛的广东美术馆团队"！

  2009年7月,我搬离办公室时,那只第二届广州三年展艺术家们送的陶瓷大红牛依然高高放在办公室里的书架上,只是不知,现在它被收藏在何处。岁月更迭,我始终相信,广东美术馆是最"牛"的!(图19)

2017年5月14日于威尼斯

图 19　石湾陶瓷大红牛
第二届广州三年展的艺术家们送给了广东美术馆一头石湾陶瓷的大红牛，现在不知道这大红牛还在不在。

错过,也许留出了另外的空间

　　回望过往,我们往往会为某些错过感慨万分,因此浮想联翩作出一些假定,到最后又会说没有什么错过,也没有什么假如,所有的过往都已成为历史,是不可更改的结果。

　　当前中国美术馆的处境,历史的"错过"及当下的各种"错过",似乎成了一种常态,也变成了诸多既定事实。我们"错过"中国美术馆制度化的起步和建设,"错过"美术馆的学术化和专业化建构,"错过"美术馆文化意识培育,"错过"美术馆的收藏与视觉艺术史的积淀和构建,"错过"美术馆作为公共空间的精神性建设,"错过"与国际博物馆或美术馆学习和平等对话的基础等。20世纪早期,蔡元培、鲁迅、林风眠等人提出的"美术馆""美育""公民教育"等倡议及理想,大多在国难民艰、多灾多难的历史与现实中"错过"了!

其实,在我个人的美术馆生涯中,也有过种种的"错过",但是也有因历史的"错过"而得到不少意外的收获。

记得我刚到广东美术馆入职时,主管美术馆收藏类的工作。有一天,一位刘姓的年轻人来找我,说家族上留下几幅李铁夫的油画作品,问我们美术馆要不要收藏。我看了这些作品的图片,详细了解作品来源、创作背景、时间,以及一些背后的故事之后,觉得应该将这些作品收藏。

李铁夫(1869—1952)是第一位留学海外(1887年留学加拿大)学习西画的中国艺术家,比曾经被误传"留洋艺术第一人"的李叔同(1880—1942,1905年留学日本)早了近20年。李铁夫被誉为中国近现代油画艺术与民主革命的先驱，孙中山先生称他为"东亚画坛第一巨擘"，由此可见，他的艺术成就之高和对民国时期社会影响之重。李铁夫是广东人，这类顶尖级代表性艺术家的作品是美术馆必不可少的。此外，李铁夫存世作品极少，绝大部分保存在广州美术学院，作品保存状况很差，很难也很少拿出来展览。广东美术馆作为一所新馆，我们曾面临着从无到有的挑战，早期几乎没有任何藏品积累。我到美术馆上任时，藏品只有13件，然而，这次难得的收藏机会，无疑为我们提供了一个绝佳的契机，当然要紧紧抓住。

这批作品共有6件油画和2件水彩画。油画作品应该是李铁夫70来岁时（20世纪40年代）在香港创作的，据说，他这个时期生活非常拮据，孤身一人住在一间破旧的小木屋。李铁夫与早年同为同盟会重要人物的刘栽甫先生过往较密，刘栽甫曾先后请李铁夫为其祖母及其家人画了几张肖像画。刘栽甫在生活上接济过李铁夫，因此，藏有几幅李铁夫的风景画、静物画，刘姓青年正是刘栽甫的后人。由于广东美术馆当时的收藏经费非常有限，最后只谈妥收藏了其中的2件油画和2件水彩画，但是却有了广东美术馆的镇馆作品之一《盘中鱼》（82cm×97cm），极其大气精彩！另外一件油画是同样尺寸很大的《刘素薇肖像》（102cm×77cm）。两件水彩风景画分别是《美国校园》和《石桥》，这4件作品在整批作品中都比较有代表性，当时硬挤出的收藏经费大概是30万，在当时，尤其是公办的美术馆，这是一笔不小的数目。很遗憾，其他几件作品没办法收藏下来，其中有一件画像国画山水一样，跟李铁夫常见的油画风格差距很大，我们当时不够决断，不敢收藏。一方面真的无法判断是不是李铁夫的作品，实在不像他的风格；另一方面就是收藏经费实在难以支撑，想缓一缓再说。后来，对李铁夫有研究的广州美术学院谭雪生教授和我说，这可能是李铁夫晚年画风尝试变化的作品，他后来因年龄和晚年生活拮据等方面的问题，没有将这一尝试走下去。这是我的一次难忘的"错过"！

时隔10多年后，2014年我为上海龙美术馆西岸馆策划开馆大展时，在他们所收藏的中国近现代美术藏品中，我见到了李铁夫的这幅作品，这也是龙美术馆收藏的唯一一件李铁夫的作品，馆长王薇说这是他们几年前通过拍卖收下来的，几年前就花了近700万。这个天文数字对于公办的美术馆来讲，只有咋舌和遗憾了！

其实，广东美术馆"错过"了收藏研究李铁夫晚年变革画风的重要作品，而龙美术馆却因我们的"错过"而得到了他们近现代中国美术史序列收藏上不可或缺的李铁夫大作，这是一种缘分，这些得失也就成为中国美术馆收藏的过往现实。广东美术馆也有不少因历史的"错过"或他人的"错过"而获得一些难得的收藏机缘。

记得2001年的某一天，我的办公桌面上放着一封信，那是来自著名史论家、教育家王子云先生（1897—1990）的后人用老式打印机复印的信，内容说王子云于1940至1945年带领"西北艺术文物考察团"在西北考察中，收集到数量不少的艺术文物拓本及王子云当年的写生作品、照片等，现在还保存在家中，希望有个公共文化机构来进行收藏并研究。后来我才知道，这封复印信同时寄给很多与王子云有过交往的机构、学院等。我一看完这封信，就深感这批拓本作品对20世纪上半叶的中国现代美术史事件研究具有深远意义，因为"西北艺术文物考察团"由于种种特殊原因,几近被历史遗忘和"错过"。我马上拿起电话,按信上提供的联系方式打了过去,了解一些情况后,第二天,我约请了广州美术学院现代美术史专家李伟铭教授,与美术馆研究及收藏的人员飞到西安,仔细查看了这批拓本等,很快将它们谈妥收藏下来,共2000余件拓本及部分王子云写生作品和考察团照片。

随后,我约请了何正璜教授(王子云先生夫人,当年也是"西北艺术文物考察团"成员)的学生罗宏才教授,及当年考察团成员卢善群之子卢夏先生等,以这批藏品为切入点,进一步收集挖掘"西北艺术文物考察团"的相关资料文献,对这段中国现代美术史上重要的历史事件开展补课式的深入研究。经过数年努力,于2005年完成了"抗战中的文化责任:'西北艺术文物考察团'六十周年纪念展"及相关文献、图版的系列出版,后来这个展览还回到王子云先生生活与学术活动的基地西安展出。这次重大且重要的收藏,以及研究、展览、出版工作,引起了中国美术界、文化界及社会的极大反响。

我在当时的展览前言中写道:"60年前,责任与机缘引发了一次宏大的考察活动，60年后，机缘与责任促成了我们的展览和纪念，历史就是这样轮回着、演绎着。我们掀开重重历史帷幕，重新认识现代中国第一次由政府独立组织的时间最早、规模最大、影响至深的艺术文物考察活动，阅读中国现代美术史一段不应磨灭的凝重而辉煌的篇章。"应该说，我们是在历史的"错过"和别人、别的机构的"错过"中得到了这样的机会、机缘。

像这样的"错过"与"得到"的事，在我的美术馆收藏与发现工作生涯中，还有好几次，比如被遗忘了的谭华牧（1895—1976）作品的偶然发现与收藏，后来做成了题为"谭华牧：'失踪者'的踪迹"展览，极为难得的古元（1919—1996）延安时期木刻作品的"偶遇"与收藏，还有，"错过"登记而在库房静躺了半个多世纪的稀世作品——李叔同油画《半裸女像》奇迹般的重新发现，经我们考证、研究、科学验证后，便有了在中央美术学院美术馆以一幅作品为主线的"芳草长亭：李叔同油画珍品研究展"。

"错过"，总是令人遗憾、唏嘘、痛惜和无奈，而"错过"，也可能会为历史留出另外的空间。我们总有机会在不同的空间做不同的事情，只要我们认真去做，就能尽量避免"错过"。

2018年11月11日于上海旅次

有点『雄心』的金金

  金金是我心爱的大金毛狗,我内心深处总觉得对它有所亏欠。每当我看到它静静地躺在地上,慵懒得几乎不愿动弹,那一双眼睛默默注视着我,作为它的主人,我内心的愧疚感愈发强烈。

  我从小就很喜欢小动物,一直向往养只小狗。但是,那时住在城市,家里生活很困难,居住的空间更是小得可怜,因此也只是想想而已。

20世纪70年代初,我们全家回家乡务农,由此打开了一个城市少年对农村与大自然的认知新天地。也就是在这个时期,我有过一次与一只小狗短暂接触的机会。

一天,一位亲戚带来一只黑色的小狗,问我要不要,毫无疑问,我太喜欢了,马上就将它留了下来。它有黑油油的短毛、亮晶晶的小眼睛、愣头愣脑的脑袋、一晃一晃的大耳朵,它的尾巴与别的狗不一样,只有短短的一截,见到我就一扭一扭地摆动。它一点也不怕生,不断地舔我的小手,非常讨喜。我与它玩了一阵后,领着它回家了。

没想到,刚一进家门,母亲看到小狗并向我问清缘由后,很是生气!大骂这是"无尾狗"!潮汕话"无尾狗"是一句骂人的话,指很没骨气、见利忘义、伤害有恩于你的人。我一下子被骂愣了。原来,这背后有很多原因:一是这位亲戚与我家有一些矛盾,这矛盾还与见利忘义有关;二是当时很大部分人都不太知道有"没有尾巴"这一品类的狗,那是"罗威纳犬",这种狗往往需要后天手术断尾,对于潮汕人来讲,短尾狗是很不吉利的狗。后来我才知道,更重要的原因是母亲从小就怕狗,因此也很讨厌狗。据说，母亲小时候家里曾养狗，有一回，她与一好友外出，那狗死活要跟着她们，到了大街上，见到一只大狗，两只狗打起来了，母亲被吓坏了，觉得很丢人很没面子。因此，她也便很讨厌狗。她经常说，汉语中说到与狗有关的词，几乎都是贬义词，什么"人模狗样""狼心狗肺""狗仗人势"等。

所以，这狗是养不成了，而且还给我留下很疼很羞辱的感觉。从此，我也不敢再有与狗近距离接触的想法，我的养狗念头也就这样被扼杀了。

后来，由于学习、工作、迁移等多方面的忙碌，我生活中的很多事、很多经历、很多向往与喜爱，也一次次被搁置、被扼杀，但是，生活还是那样的日复一日，风和日丽。终于，在北京就要退休那一年的某一天，我忽然产生一种冲动，就像是在吵架之后的那种不理智，管他三七二十一，也不管别人喜欢不喜欢，我跑到附近郊区的一户农家，从农妇抱出来的两只金毛幼狗中挑选了那只大的、公的幼狗，心想，要养就养只英俊一些的狗。选完后，农妇带我去看它的母亲，跟我说是纯种金毛母狗，配的也是纯种公狗。我才不管他纯不纯种，有只狗养就行。于是二话没说,付了钱抱着就走。

我给它取名"金金",简单而响亮。

金金很活泼、调皮、乖巧,很讨人喜欢,幼小的它长得很快。但是,很快问题就来了。当时农妇向我证明这狗是纯正的金毛狗,我没太当回事,现在冷静下来后想到,万一养出一只不是我想要的英俊的大金毛狗,或完全就是一个土不拉几黄色的土狗,那该怎么办呢?毕竟现在已经养出感情了,如果真的不是纯正金毛狗,那时又会是怎样的感觉呢?其实这就像养自己的小孩一样,我们总是按自己的想象与理想来养育、教育他(她),希望他(她)的长相与未来的可能性都能像自己规划的那样,但是,很多东西并不可能和你想象的一样,以你的意志为转移。

另外令人操心的是,每当大公狗发情时,在家里,它会到处撒尿,到处乱咬东西,到了外面,它会与其他公狗争风吃醋,弄不好还会撕咬起来。记得在农村时,看到公狗"欺负"母狗时,调皮的小孩子拿石头棍子一吓,两只狗就卡在一起,嗷嗷地乱叫乱跑,场面极其不堪!大公狗虽然看起来英俊帅气,但是时不时乱撒尿乱咬东西,还会弄出其他差错,这该怎么办呢？有人说，最好是在公狗成长到还未发情前，就将它的节育手术给做了，如果发情过了，再去做手术，会做得不完善，狗也会很难受。这实在是太残酷的事了。

在我的期待中，金金如我心愿长成了一只漂亮、英俊、高大、壮实的大金毛狗，一百来斤，毛发金黄秀美，姿态雍容大度，像一个性格温存的"暖男"，而且它只认我这个主人，总黏着我，只要我在画室工作，它就跑过来，安静地找个角落，静静地躺在地上，我一有动静，它就睁开眼睛，眼睛一动不动地瞄着我；我若一声招呼，它马上就凑过来，要我摸摸，或往我身上挤一挤。如果我说，带你开车出去玩吧，它马上一副开心的样子，摇头晃脑，我不赶紧出发都不行。可到了车边，它就耷拉着头，要我抱它上车，一百来斤，有点胖，自己懒得跳上车，还要我帮忙。我要先抱它前腿，再抱后腿，这样我有了每天锻炼臂力的机会。与金金在一起的时光是最自在最开心的，我能真切地体会到它对我的忠诚，面对金金时我感觉非常自在坦诚，想说什么话就说什么，如果哪一天我没有金金的相伴，很多时候，我不愿意与其他人说话。

但是，要不要在金金发情期到来之前去做手术这件事一直折磨着我，这是不是太残酷了？结果，在金金大约7个月大，我还是带着它去医院了。从那以后，我就时常后悔，觉得亏欠它太多了！虽然，我也想过，也许金金后来长成的那种雍容大度、温存"暖男"的样子与这残酷的手术有关系，但是，这毕竟是一种在没有享受到青春野性快乐之前的阉割，是一种被阉割而成的善良温顺，是一种为了主人的方便而不惜对它进行的阉割、驯服，尽管这样的事发生在狗身上比比皆是，发生在人类身边其他雄性动物身上也都比比皆是，但我依然无比愧疚。

然而，有一天，我发现金金在某种特殊情况下，生理上好像有某些变化，我儿子也说他发现了金金有时会有点生理异样，真是奇怪！我想，这大概是当年的手术医生技术有点问题，或有意留点余地，再或者就是金金本身就雄性激素充沛，即便被阉割了，但是仍然雄心不死，还有那么一点点的雄性特征！

我还是觉得亏欠金金很多很多！但是有时候反过来想想，我们不是也有很多东西、很多时候、很多人生时刻被一次次地阉割吗？没有谁会觉得亏欠我们，反而是我们慢慢地变得温顺驯服，变成习惯这样阉割后的结果。

假如我们哪一天跟金金一样，忽然还存有那么一点点的雄心，即便只有一点点，那也能用一点点的"雄性"而"雄起"！

2022年4月12日于广州绿川书屋

谛听心声：我画《天地悠然》

我总觉得，画画是谛听心灵的回声。心灵像一个飘浮的钟，在时间的维度，在历史和现实的空间穿越，有时被一阵风吹响，声音在旷荡深幽中飘出，清脆而沉逸，引来似有若无的回响。屏心息气，谛听这种回响，在画面的墨韵笔意、结构形态中感觉这回响，传达这回响。（图20）

不知是我有意去选择和标示"天地悠然"

图 20 谛听心声

谛听心声，心灵像飘浮的钟。在时间的维度，在穿越着历史和现实的空间，一阵风吹来，引来似有若无的回响。

这一表现题材,还是老屋、云水、回廊、斜柱,撞击着我飘浮的心灵,我一而再、再而三地画着,企求画出曾经有过的一阵阵回声。

"天地悠然"表述的是一种古老而永恒的哲思,东方人哲思的最高境界往往体现在天人合一上。"天地悠然",天地是物,悠然是人的心理体验,陶渊明"悠然见南山"成了哲思境界的永恒坐标。因此,可以说,"天地悠然"这一境界是永恒的,而非仅仅局限于个体心理。人的个体心理往往是在集体中无意识被模塑、铸炼而成,在一些颇自命的个性中,其潜在因素不过是一种公共的个性而已。

也许,我画"天地悠然"也属于这种公共个性,没有理由要为这公共个性标榜太多的意义。我只想认真地画出自己心声的回响,在画的过程中谛听这清脆而悠远的声音。

中国人的哲思镌刻在世间万物上,静静地等待着我们去解读、去欣赏。就如中国的古代建筑,由墙、柱、梁、瓦所分割出来的独立空间往往代表着一种独特的哲学意味和美学概念。"房笼虽小乾坤大,不足回旋睡有余",从小的空间连通大的宇宙,从行为的局限到思维的无边,超越局限,自足自乐,超越形而下而寻求形而上的满足，这可以说就是中国文人的精神特性，从某些方面讲，这特性可称之为"精神实用主义"，精神上的满足往往可以超越物质世界的束缚和无可奈何。

在《天地悠然》系列中，我企图表达的正是这种超越空间局限的邈远，表达心的邈远和安详，让他人在品味中体验一种独特的文化韵味。

1996年6月于广州

小小庭院

这些天，我终于有时间将自家的小小庭院整出来了，种上竹子，买来几对休闲藤椅，生活似乎一下子多了一份清闲。在北京这样热闹繁忙的大都市街区中，有一个自家的小庭院，也算特别难得，是一件很知足的事了。刚从充满豪情和热情的方力钧展览宴会回来，我安静地坐在庭院里，沏上一壶工夫茶，点上一斗烟斗，对着婆娑的竹影，听着或远或近的蛩声风声,看着洒满庭院的一地明净如水的月光(今天应该是近农历十五了吧),心里特别宁静透明。

昨夜,一场早秋的雨,将北京的暑气洗得一干二净,今天放晴,空气尤为清澈,天空也难得地澄明起来,我来到北京正好一年,少有碰上这样的好天气。我刚到北京,到处找房时,赶早不如赶巧,撞上了这个心仪的住处,花了不多钱将它买了下来。我最满意的是,能在望京这样的闹区中买下这个有小庭院、小画室、阳光书房,空间错落有致的房子——当然,这些空间都是后来自己改造出来的,成为属于自己的天地。

北京自有它的热闹,经常有人跟我说,你喜欢北京吗?是的,我很喜欢。这里的发展机会很多,同时带给人的欲望也很多。不过,在机会和欲望的诱惑中,我更需要的是一个小小的专属于自己的小庭院,能让我在这里安歇自己的情绪、精神、思想,在这里感受北京早秋雨后的清新,凝眺灯火辉煌之外星空的宁静深邃……(图21)

2010年8月22日深夜于望京西路沁绿园

图 21 小庭院

在机会和欲望的热闹之中，更需要自己的一个小小的"庭院"，能让自己安歇情绪、精神、思想。

画室杂怀

夜，静得出奇，我独自坐在画室中，心中思绪万千。窗外的风轻轻吹过，伴随着树叶的低语，它们在谈论着什么呢？我忍不住好奇地倾听，也许，在某一个清晨，昨夜的诸多想象和幻想，都在这夜色的耳语中变得深沉厚实。

慢慢地，我烦躁的内心安定了下来，画画、抽烟斗、喝茶、看书、玩电脑，还有很无聊的海阔天空般地遐想，或者什么都不想。安静是一种福分。在阳台和窗台种上几株竹子，夜风吹过，竹叶沙沙地响，晃动的影子似乎是我此刻悠然自得的内心写照。

一

"批评"是一个独立的学科，说到底，学科的独立性关键是学科主体的独立性。因此，关键是批评家必须具有独立的品格，在独立品格支持下完善自身的知识结构和精神涵养，保持足够的清醒和自知之明，进入这一独立学科的天地。

二

人类的存在永远伴随着一个漂亮的名词——理想，从古至今，以至未来，永远无法挣脱理想的情结，并以这样的情结来建立生存的信心。而"理想"这一语境更多地与古典时期相关联，它属于那个人们对秩序、价值、意义怀有深深渴望的理性时代。

尽管我们现在也不时大谈一通理想，将所谓的理想同自己生命存在的意义交织起来，但是，这类讨论往往不需过于当真。有时候，对于理想的有意误读，却可能成为我们超越现实的一种方式。

三

画完画，抽根烟，坐下来写点东西，自由自在，就像今晚画的梅花，我力图忘掉梅花的基本形状，随心所欲地挥写，墨、色、水、笔、点，画到哪算到哪，很是痛快！画画是这样，写东西也应是这样，而做人呢？我很欣赏梁明诚的雕塑作品《信马》，信马由缰，自由自在。但说来容易，做起来就不是那么潇洒了。内心似乎没有了期待，留下的只有一份宁静。既然安静下来，那么我就写写东西、读读书吧。

夜深了，凉风轻轻吹在脸上，心清醒透彻了很多。

四

"个性风格"归根结底是关于品位的学问,倘若个性的背后没有精神品位支撑着,个性的表现最终不是以品位感化人,那将根本谈不上个性,更没有风格可言。真正的艺术个性应该是一个有品位高度的艺术整体,而不仅仅是"跟别人不一样"。幸得画画,成为我碌碌生活的最好调剂,夜深人静,铺纸弄墨,凝神静气,抒发我心中、眼中似花非花、似物非物之情境,颇觉自由痛快。放下人生中嘈嘈杂杂的烦心事,将自己融入画境,应是最大的福分。境由心造,境在心中。心中有境,则自能排解烦躁尘俗。于是画画便成了我修心、养性、炼境的日常课程。

五

广东美术最令人称许的是岭南画派所提出的艺术革命精神,这种精神深刻地影响了一代代艺术家去拓荒、探索、实验、创新,去勇于面对误解和非议,去建立自信并反省自身,去开拓和建构一个当下存在的广东美术。

六

文字具有形象性，对于中国人来说尤其如此。而对于画画的人来说，这种形象性就具有更多想象的空间。

想象，带给我无限的愉快。捧读一本书，阅读文字并想象其中的形象，也是消解疲乏的好法子。夜深人静时，有更宁静的阅读和想象的空间。

七

人生重要的是过程和经历，它们是我们能够留给未来，值得反复回味的美好回忆与记忆。过程总是充满未知，也饱含着经验的探索。正因这种未知，我们拥有了更多的期待和体验。过程不需要深奥的哲理，而是需要实践。为了对抗困境，我们应该直面自己的情感和感受，并坚定地走自己的路。

八

我对北京有种说不清的亲切感。不需问太多,什么是自己人生的"值得",说不清楚,也不需去弄清楚。

当我抵达北京时,天气异常寒冷。我抬头仰望天空,天边挂着一弯巨大的月牙,它悬在空中,显得格外醒目。只有在空旷的田野上,我们才能欣赏到如此壮观的景色。久违了,这美丽的自然景观。

此时有此时的值得,而彼时有彼时的值得,听从内心。

九

我有很多的期待,对此时、对夜色、对未来,说明我还不算老。

我内心充满了创作的冲动与期待,但与此同时,我也一直在逃避,逃避那些热闹与喧嚣,逃避各种诱惑。我渴望回归内心的宁静,寻找那份纯粹的自我。

十

　　《西方正典》一书中，谈到经典对经典的超越，也就是对规则的超越，能超越规则，才可能成就经典。事业如此，人生亦如此。

十一

　　相信自己，相信自己的选择和所为。男人本来就应该敢于承担，也应该用宽厚的肩膀去呵护红颜知己。遗憾的是，如今愿意承担责任的男人日渐稀少，而那些值得珍惜的红颜知己也变得难得一见。知己，这个词语根植于古典时代的土壤中，它代表着肝胆相照、情血相融的深厚情谊。这个时代难道只有情感快餐、酒肉朋友了吗？
　　我渴望拥有一份深情的相知，一个永恒的知己。可是这有可能吗？我是否是那个拥有宽厚肩膀的人？啊，这个问题似乎有些沉重。

十二

  找到那些真正值得信赖且信赖自己的人并不容易，即便这种信赖只是短暂的满足，也许还夹杂着自我欺骗的成分。

  有时候，我们真的需要欺骗自己，因为这个世界美好的东西实在是稀少而珍贵，更多时候，那份美好只存在于你的内心深处。安静地体验内心的那份美好，也许正是对自己的一种宽慰和满足。该哭想哭的时候就哭，该笑想笑的时候就笑，该忘情于鲜花盛开的季节就不要皱着眉头。毕竟，青春是短暂的，生命是脆弱的。永恒存在于内心！

  总会有心情不好的时候，但天依然是那么的湛蓝。

  总会有疲惫不堪的时候，但云依然是那么的自在。

  在自己的世界之外，还会有更多的世界。

  白云飘过的地方，影将通透而不留痕迹。

十三

忙完了，该思念下朋友了。朋友是在思想和现实中都能彼此关怀的人，有的人在忙碌的时候会把朋友暂时搁置一旁，有的人在忙得不可开交的时候，特别需要朋友的陪伴和支持。夜深了，听着蛙声，想念我的朋友，一种淡淡的关怀，关怀着我的朋友，也关怀自己。

十四

洞箫声断月明中，唯忧月落酒杯空。月落酒杯空，然后就醉了，一醉方休后唯恐梦醒时分，杯空月落人去。不过，拥有洞箫与月明的记忆，便足以让我深感幸福。

我很喜欢洞箫低哑的声韵，在心的深处，与月色同在。

十五

无能者往往只能获得无能的认可，而能干

者的成就却常常成为他们的永恒纪念。

十六

听风听雨，花开花落。忙完了，心静了，该干自己的事了。其实，很多时候这些事，不知是自己的还是别人的，不再想那么多，就去干吧，有空的时候喝点酒，麻痹下自己。

我这些天处于半休整状态，画画，看书，整理自己的东西，很悠闲。当一个人看清看透了一些东西后，心里一下子通透多了。

其实，现实中很多东西是很难看清看透的，但以通透的心与眼去看，这些东西也就很清很透了。

「酒与人生」杂题

　　庚子 2020 年春，新冠骤至，吾困居汕上，无所事事。时自酌自语，自画自醉。癸卯 2023 年春，疫情已退，世态宽松，吾复归汕上，闲居无事，整理旧作。有感于酒与人生，捡诗词俚语，杂人生感怀。古之君子猛夫，无不与酒有缘，因之而有种种逸事。有豪事趣事，亦有囧事不雅事，此人生百态之写照也。时局变化，颇多感慨，唯一笑了之。

一、忘我

喝酒有一大好处,就是可以忘我。忘我不仅仅是忘了自己,更是能让自己进入一个超然境界。唐王维有诗"须忆今日斗酒别,慎勿富贵忘我为",宋辛弃疾有诗"春酒频开赤印灰,一尊忘我更忘骸。青山只隔二三里,恰似高人呼不来",颇风趣幽默。有人"酒才半醉吾忘我";有的人醉了还继续劝酒高歌,"君莫停杯我为歌,我今忘我是谁何"。可见,忘我是何等难得的超然境界。庚子立春佳日,憨居汕岛,作忘我之状,难矣难矣哉!

二、心情

喝酒讲的就是心情,"酒逢知己千杯少,话不投机半句多"。心情好,得喝酒,席间无酒不尽兴,心情不好,更得喝上几口,一醉解千愁。人生不如意者,十有八九。人活在世,谁没有点烦心事、闹心事、憋屈事,放宽心,喝些酒,让慌乱之心平静下来,让沉闷的心情在美酒中慢慢舒展,让一切变得美好起来。

庚子春节，闭关静待，小酌几杯，心静情舒。

三、闲着

闲着也是闲着，不如约来朋友，闲来无事品杯酒。真正的朋友，无论忙闲，总愿意与你共饮一杯。朋友间的交流不只是语言，更有酒桌上的互敬之情，这种情感更加深厚。酒越喝越厚越醇，情与兴亦越浓越深，偶尔也会喝大，酒不醉人人自醉也。庚子春节，闲着无事，憋得慌又无从约得好友小酌，奈何奈何。

四、微醺

有言道：唯愿明月对金樽，平生最美是微醺，闭目休管天下事，心中自有一乾坤。人生如饮酒，三分清醒七分醉，或是七分清醒三分醉，总得有些酒，有点醉。君子饮酒，贵在微醉，有风度，知进退，这才是真君子。丙寅春分时节，整理旧作，有感而瞎题数言。人生道上，贵有酒，有友，有微醺也。（图22）

图 22 酒与人生·微醺

五、魅力

有人说，男人的魅力，一半系于身，一半寄于酒。酒，天生为男人而生，一壶在身，可驰骋于沙场之上，弹剑于江湖之中，亦可缠绵于情愫之间，陶然于超脱之外。正所谓："挥觞道平素""抚剑独行游"。

六、胆量

友人道，酒量即胆量，酒风即作风，酒德即人德，酒瓶见水平。醉了，更好，一醉解千愁；半醉半醒，也好，借着酒劲，说说平时不敢说的话。正所谓，酒中有胆量，酒后见真情。又有道，酒这个东西，考验的不是酒量，而是意志力。哈哈！

七、伴侣

酒是人生的好伴侣，少年时陪你意气风发，

中年时陪你孤独奋斗，老年时让你慢慢回味。老了，约上三五个老友，回味人生走过的历程，有伤悲，有遗憾，有欢笑。往事历历在目，喝一口酒，喝下满满人生。2023年春分时节，烟雨霏霏，喝上一口，回味无穷。

八、人生

人生如酒，有淡有烈，各自品味；有醒有醉，淡然就好。人生这杯酒，越品越有味，越存越甘醇。人生路不同，滋味也不尽相同。有人一生如白酒刚烈；有人一生如啤酒豪爽；有人一生如红酒醇厚；有人一生如米酒清纯；亦有人一生如苦艾酒，回甘无穷。

九、杯中

酒在杯中，杯在手中，话在酒里，情在心里。觥筹交错时的率真、耿介、委蛇，酒过三巡后的酒风、酒品、酒态，都折射于杯盏之间，谦谦君子，戚戚小人，人间冷暖，世态炎凉，尽显于杯酒之中。2023年春分之际，夜听风雨声，把杯尽兴，忘却世间风雨。

十、心事

心事放在酒里，喝不喝都会醉。其实，将心事与酒一起干下去，也就没有什么了。有人道，月下一杯酒，万事尽浮休。酒到浓时，心事如烟，往事都只是曾经，何必回头多纠结。

十一、滋味

曾经年少不知愁滋味，爱上喝酒，而今识尽人间种种的滋味，只好喝酒。癸卯春日，整理旧作，题句自乐。（图23）

2023年春分时节，游走江湖之间，写此助兴。

图 23　酒与人生·滋味

一个「小城文青」的路与思
——写在《王璜生·珠江溯源记1984》书前书后

写在前面

　　塞在抽屉角落36年的"珠江溯源"日记本，终于在2020年初新冠疫情期间，闭关家中，无所事事时，被我拿出翻阅。令自己惊讶的是，当年(1984年)的珠江溯源，骑行70多天，行程3300多公里，海拔落差2000多米，几乎每天都在蹬车、推车、喘气、挥汗，翻高山，过谷底，走荒坡，宿野店，还有写生、画画、摄影，在这样紧张的行程中，居然还有时间、心思及气力，写下这密密麻麻、9万多字的日记。现在回过头来看这些文字和想法，觉得有些幼稚，这简直就是一个"小城文青"的作为。尽管如此，但是它们至少记录了1984年那个特殊的年份，这位"小城文青"想以一种不同寻常的方式挑战自己、叛逆生活、憧憬爱情，追寻"梦中的橄榄树"。

从一个僻远的小城，从一种近乎窒息的压抑困境中，这个无数次被误解、打压的"小城文青"走过来了，也走出来了，并且依然保有一颗"文青"的心。当年青涩单纯的"思想"，在这"小城文青"后来的人生历程中，多多少少成了一股与现实抗衡的力量。现实的路更为跋涉，但通过坚守与坚持，挑战与追寻，这位"小城文青"一步一步走出了自己的路。当然，"文青"会变得有些"老"，也有点"油"，在合时宜与不合时宜之间妥协与挣扎，渐渐变成一个有点"老"又有些"油"的"文青"。

不过，在当年的这些文字中，有很大一部分作为考察日记，记录下了36年前"小城文青"那双清澈的眼睛和那颗青涩的心，以及在这3300多公里的游历过程中,每天的所见、所闻、所感、所思。36年过去了,当年当时的事、物、人,无不留有那个时代的痕迹,成为一种历史的见证。今天重新读来,别有一番韵味。

其实,当年能在这艰难跋涉的旅程中,坚持写下这么多文字,背后有一个秘密和一种动力,就是当时这个"小城文青"刚刚恋爱,他想用这些带着青涩情感的文字及非常规的行动力,去打动另一个"小城文青"。因此,这些日记也就变成了半生不熟的"情书",飞越珠江流域的山山水水,传递着初恋别离的情思。

36年之后,重新整理这批"日记/情书"时,忽然觉得珠江溯源的考察记录,多少还有些公共性的成分,毕竟珠江溯源,尤其是骑自行车溯源,还是极少有人能做到的。另外,一份1984年珠江流域的生态考察与文字图像记录,也多少具有一定的历史价值。因此,将其中的考察日记整理出来,还是可以拿出去与大众分享的。而那些属于个人的"情"的部分就被弱化并割舍了,这样可以集中于珠江考察的"记"与"思"。

在这本《王璜生·珠江溯源记1984》中,在以时间为序的日记间,加进了16段带有小标题的短文。这些短文是当年从珠江考察回来后，应《汕头工人报》的约稿写成的长文《八千里路云和月——珠江溯源散记》的内容，当时分16期连载。在这次整理、编辑过程中，它们被分别插入了相应时间与情境的日记中，以期能够变换阅读的角度，增加阅读的乐趣。

可以说，当年的珠江溯源，按自己的专业所长，是考察路上写生、创作与摄影等的图像记录。一路上，我画了六七十张写生作品，以及为数不少的速写、默写画，还拍摄了大量的摄影作品（负片与正片）。考察回来后，我也曾在汕头工人文化宫举办"王璜生、李毅珠江溯源画展"。但是，这么多年东迁西搬，从汕头到南京，再到广州，又到北京，家不知搬了多少次，也曾因"家"无着落时将物品寄放他处，导致一些绘画作品，特别是摄影资料，不知哪里去了。这次，在能够找到的范围内，我选出了部分写生、创作、速写及摄影作品和资料，配合考察日记的文字，汇合成图文互补的阅读文本，以记录一个"小城文青"曾经的路与思。

写在书后
归来之后,一晃三十六年

骑车珠江溯源之旅,当年就这样走完了全程,就这样归来,回到了汕头,做回了"小城文青"。回来之后,《汕头工人报》曾约我写些连载的文字,题为《八千里路云和月——珠江溯源散记》,简单地将旅程的点滴经历与大家分享。1985年9月1日至10日,在汕头市群众艺术馆举办了"王璜生、李毅珠江溯源画展",主要展出路上的写生稿及回来后少量创作的小画,我展出的是中国画,李毅展出的是油画。在展览的前言上,我们写道:

> 打开这些混合着汗渍和尘土的画稿:路、山、自行车、喘气声、峡谷、江水、老船夫、赶集相亲的小哥儿和小妹子……一叠叠印象就像这珠江水,滚滚涌来……
>
> 说不清是什么原因,抑或为潘德明骑车环游全球以扬中华豪气的壮举所激动;抑或为了追寻艺术的本源,丰富艺术的创造;抑或为了磨炼意志,开阔眼界;抑或为了昨夜梦见的绿色橄榄树、空中飞翔的小

鸟……于是，我们背上画板，跨上自行车，踏上了珠江溯源的旅程。

　　1984年9月19日，一场暴风雨送我们启程。在3300公里的行程中，我们靠着一辆二八自行车，跨过广东、广西、贵州、云南四个省（区）。我们徜徉、陶醉在珠江三角洲绿色的浸润之间，赞赏着气势磅礴的红水河峡谷和苍劲沉郁的云贵高原，我们更为绚烂古朴的少数民族风情所忘怀……11月29日，在云南乌蒙山脉马雄山东北麓一片缀满黄花的灌木林中，我们掬起一把清泉，就是这涓涓细流，孕育着这条南方大河——它秀美、冷峻，充满野性和活力。

　　假如问此行的意义和收获，我们会脱口回答，我们深深地领略到了一种苦涩的美，一种苍凉之中饱含着悲壮，荒漠之中显现着恢宏，艰苦之中体现着自由与生命力的美。这中间，蕴含着多少人生的哲理呢？

　　　　　　　　　　　　王璜生　李毅　1985年9月

　　而我在我的中国画板块前写有这么几句话，其实，这些话原来是我写在"珠江溯源"速写本扉页上的:"我无意画一些赏心悦目、闲情逸致的画,以供自己吟哦玩赏或他人装点雅室,我要表达对人生的深切感受和沉思;我无意走一条平稳舒适、熙熙攘攘的路,以求得生之安稳和世俗的青睐,我愿在荒野僻岭间选择静寂艰苦的路。"

重读这些文字,两个"小城文青"青涩的文笔与宏大的口气,真有些不知外面世界与现实人生的深深浅浅之感。

不过,在当年,"珠江溯源"事件和这样的画展,在汕头这一带也算是一件特别能引起关注的事儿,但是展览刚结束,我就跑到北京的钢铁学院学外语了,因为当年的工作单位汕头市物质贸易中心与北京钢铁学院合作开办了外语培训班。而这时,北京正好处于"'85美术运动"轰轰烈烈的闹腾中,我撰写的第一篇关于现代美术问题的文章《现代艺术:模糊化的民族性与多样化的个性》投稿杂志《美术思潮》,被定下马上发表(《美术思潮》1986年第1期)。于是,我争取机会,短暂地离开了小城,来到北京学习,希望感受这里不一样的现代艺术及个性思想的气氛。因此,"珠江溯源"的事也就翻页了。

之后，1987年我到南京艺术学院读研究生，1990年回到广州，开始了从岭南美术出版社到广东画院，又到广东美术馆，后来又被调到中央美术学院美术馆等一晃30年的艺术创作、研究及社会工作，也搬了无数次的住处。从南到北，劳碌奔波，这"珠江溯源"的日记及绘画作品、速写本，尤其是当年拍摄的大量资料照片，也不知被塞在哪些角落了，甚至被遗忘或遗失了。

近一两年终于清闲一些，去年年底，在抽屉角落发现了这本"珠江溯源"的日记，当时还想，空闲的时候要将这些文字整理整理，但是看到厚厚的一沓密密麻麻手写的文字，就觉得有些头疼。今年年初以来，新冠疫情期间无所事事，便打开看看，整理了起来，也找出了当年的绘画及速写本。最称奇的是，无意间居然在一个不起眼的塑料盒里发现了当年拍摄的20多卷135mm黑白胶卷的底片。仔细查看，好像其中大部分从没有冲印出来过，当年可能真没将它们太当回事儿，觉得拍得并不怎么样。不过，在一个黑白底片已经过时了的年代，重新看到这些图像，以及这些图像与历史情境的关系，好像有了很多新的感知与体会。

其实，我总认为，人生就是一个过程。在这个过程中，好好地做点事，做点自己喜欢，又对得起社会、对得起自己人生的事，就可以了。至于那些过程中的点点滴滴，做过的事、画过的画、走过的路、留下的"雪泥鸿爪"，都是一种雾里看花的"烟"。"烟"会消失，但很美。往事如烟。我对徐冰的《本来无一物，何处惹尘埃》深有感触，他将在重大历史事件"9·11"现场收集而来的"烟之灰"，转化为人对生命与记忆似烟非烟般的感怀与表述，这样的表述似有若无地弥漫着东方文化的哲学观与生命观的气息。

非常感谢广西师范大学出版社，特别是张明老师的鼓励，使我斗胆将这些36年前青涩的文字及绘画、摄影拿了出来，大家见笑了。也非常感谢帮我将这些资料进行整理、补充，以及提建议的亲人和朋友们，特别是花费了很大精力为这本书做精心而富有创意设计的曹群、赵格老师等，谢谢大家！

当然，要特别感谢我的父母，他们没有阻挡我这样鲁莽执意的冲动，使我能够走上这充满未知与跋涉的路！另外，最要感谢的是当年使我有这种写作的冲动，并坚持写下这么多文字充当"情书"寄送的对象姚玳玫同志!她是从事文学研究工作的,后来,成了我的妻子。老夫老妻了,说感谢很见外,也很别扭。

2020年5月1日于广州

再溯源：追寻记忆的叠影

2021 年 10 月 21 日
广州 – 揭阳塘边 – 汕头

　　经过深思熟虑和长时间的犹豫，在时间的规划中精心安排，我最终决定再次踏上重溯珠江源之旅。
　　一直没想清楚重溯的意义，就如当年一样，一直没想清楚为什么要骑车走珠江溯源之路。

人生无非是无聊时想出来走走，也没想清楚出来之后我要干什么。当年我就是这样踏上了旅程，没有预设的目标，走完之后也就去走别的路了。去年我将这些文字及当年的写生和拍摄整理出来，在大家的鼓动下出版了，做了展览，还出了新作品，似乎，大家都认为这是一件挺有意义的事，也希望我将这事做大做完整一些。因此，我也在犹豫要不要重溯珠江源，像当年一样再一次义无反顾地去走走，去看看，去想想，去画画。经过反复犹豫，我仍无法明确这段旅程的意义，但还是决定走一走，与李毅、马建群、玳玫、李勇及袁绍飞、方之予等一起出发了，我能否在这段新的行程中发现一些生命中的新东西、新意义呢？顺其自然吧！

昨夜我几乎一夜未眠，不是兴奋，也不是焦虑担忧，而是感到人生有时总会有很多的期待，但期待带来的往往又是失望，这是一种常态。在这类的常态中，关键还是需要激发起自我建构的心态，一切不能依靠他人，自己去承担自己的命途。不需去想太多，再一次出发，走向未知的路途，寻找未知的可能性与结果。

我们重溯珠江源之旅的第一站是我的故乡，这里有我父亲的故居，有我们建起的"狮峰书院"，更有我1970年至1973年少年时期在这里的生活记忆。有"天后庙""四脚亭"，"闹鬼"的房间，养山羊的经历等，有重修的祠堂悬挂着我的大字书法牌匾等，还有其他很多我生命历程中的记忆。我们傍晚到达汕头，孙晓枫及半日美术馆招待我们，晚上我回家里睡觉，安静地在父母曾经亲手种植过花草的天台花园里漫步怀想。

2021年10月22日
汕头

今天的行程安排得非常好，紧凑且内容充实。上午在澄海的陈慈黉故居，我的一些很重要的客人过来时，我都会带他们到那里参观，既可以了解昔日的潮汕人漂洋过海的经历、对家乡的情感，领略潮汕人的勤劳与聪慧，展示他们出色的经济能力、经营能力；又可以从故居的建筑群、装饰、建筑格局，看到潮汕民居的特点，时代的审美。因此，今天的参观，大家都对潮汕文化及历史赞不绝口，我们也拍摄了许多不错的图片。随后大家在店市吃午餐，很美味的潮汕小食，物美价廉。

从澄海到市区小公园的路上，我一边开车，一边接受采访拍摄，还需要不断讲些潮汕文化、历史、地理、风俗等故事，真有些累。本想在小公园一带的老市区拍点东西，但这里给我的印象特别不好，到处被改造得像布景一样，很假，加上这些地方人很少，商店也都不开门，因此更像拍电影的假空间。我们专程前往西堤码头，回顾了第一次溯源珠江时的轮渡码头。如今，这里已经建设起了大桥，轮渡也早已停开，只有破旧的码头还在，码头上的一些东西引发了我不少的回忆。绍飞他们放了无人机拍摄，效果很好。

随后我们来到了著名的公元厂旧址，这里曾经为我们的第一次旅程提供了大量的黑白胶卷。公元厂已于本世纪初停产倒闭，它曾经是中国感光工业的骄傲，创造了20多个中国感光工业的第一，非常辉煌，贡献巨大，其创始人林希之先生，有技术，有能力，有胆识，令人惋惜的是，1969年未满50岁的他压抑成疾，过早逝去。公元厂也因种种历史和现实的原因一步步走向衰落，最终倒闭了。我们今天参观了冷落残败的厂房及残存的机械设备，心里感慨万分。我当年珠江溯源时使用的胶卷,就是从公元厂流出来的。胶卷生产流程中需要抽取一些胶卷做质量检测,每卷胶卷剪一小段检测,剩下的不要了。我当年使用的胶卷大多是这样一些"废"的残卷,每卷只有20来张。在公元厂,我们有很多影友,当时大家经常一起去海边和郊外学习拍摄。

晚上敏青和他们的工作单位"推门文化"请我们吃饭,原来很累,但是几杯酒下肚后,疲劳感便逐渐消散,取而代之的是小酌一杯之后的轻松与愉悦。

2021 年 10 月 23 日
汕头

我们计划今天与那些20世纪80年代活跃于汕头的美术、摄影、文学领域的"曾经文青"相聚,再叙叙旧,也激发我们青年时期共同拥有的理想与激情。

但是,出发前与一些人相约时,他们大多数都觉得没有什么意思,说已经几十年没有再写作或激情过了,大家的变化很大,在一起时也不知谈什么为好。况且，不少人似乎看破了红尘，看破了人生。反观自己，忽然觉得自己还是那么幼稚、那么文青。我也哀叹人生的变化是如此之巨大。

不过，既然来了，那就约上个别局部范围的朋友聚下。上午到当年青年摄影圈的带头人蔡焕松兄处坐坐聊聊。他确实是个非凡的人物，经历了许多变化与坎坷，但他依然保持着激情。他侃侃而谈，绘声绘色地讲述着自己的经历。近些年，他也做了许多事，令人钦佩。

下午，约了一帮当年青年美术协会的朋友一起坐坐，他们带来了青年美术协会时的照片、印刷物等，很怀念当年与大家一起工作的氛围和快乐的日子。其实，当年我们之所以有珠江溯源之旅，与 20 世纪 80 年代汕头这样的青年文化氛围有很大的关系，而我，正是从这里出发，走向社会。

2021 年 10 月 24 日
汕头 – 珠海

今天是我们真正地再次出发，1984 年 9 月

19日，我们第一次从汕头出发，踏上珠江溯源之路。那次第一天才骑车60多公里，夜宿流沙。今天，汽车一口气跑了400多公里，轻松地到达珠海。我们本想在香洲码头乘船直接到珠江出海口伶仃洋上的桂山岛，船票、岛上住宿等都安排好了，但是，我的个人行程码出现问题，我从北京过来，而北京近期有疫情，出现了星号，因此按当地规定，不让上岛，无论怎么解释、怎么疏通都不行。所以，大家都去不了也不想去了，只能另想办法。也许后续会有更精彩的安排。

珠海的邱明友招待了我们，大家大喝一场，老马醉倒了。

2021年10月25日
珠海–万山岛

昨天因疫情防控，我们无法乘船去桂山岛和万山岛，只得连夜寻找其他前往万山群岛及珠江出海口的方法，最终我们联系到一艘游轮，正好乘8个人。今天一大早游轮就出发了，乘风破浪，阳光普照，风和日丽，非常舒爽。今天的风浪不大,我们也都吃了晕船药,因此,大家都感觉很轻松、快乐,是一次难得的体验。

万山岛上的浮石滩(湾)是亚洲重要的风景区。我对这里浮石的意象非常感兴趣,水的力量竟然能让石头漂浮起来,这简直令人难以置信。我小时候经常在海边寻找一种能浮的石头——其实这类石头是海浪的泡沫与沙、盐、其他杂物及阳光共同作用的产物。我很喜欢这些好玩的东西,还拿它们做恶作剧,偷偷用这种浮石去擦同学的发根,那会产生一种拔头发的疼痛感,因此又称它为"剃头石"。其实浮石湾的石头是不会漂浮起来的,这里到处是巨大且圆滚滚的石头,绵延9公里长的海湾,在巨浪拍打下,石头像被撼动浮起来了一样,故名"浮石湾"。这里的景象很精彩,我很想以此种景象创作新的作品。我们将游艇开到万山岛浮石湾外面,登上了万山岛,想从岸上走去浮石湾,但也因疫情的关系,无法过去。在万山岛上,有很多晒鱼的场面,很有意思,我因此拍了不少照片。我们傍晚回到珠海,大家又是大喝一顿,很有意思的一天。

1984年我们曾登上珠海的石景山上,远眺珠江口的万山群岛。今天,我们驾舟闯荡出海,登上了这座岛。

2021 年 10 月 26 日
珠海 – 容奇（容桂）– 梧州

  当年经过容奇（2000 年撤销，现为容桂）时，与当地的青年艺术家叶其青、叶其嘉、何婉薇等人有过交流。当时，他们的水乡山水画在国内尤其是广东引起高度的关注及好评。30 多年间，我也与其中的一些人有联系，持续关注着他们的艺术变化与发展。这次，我再访容奇（容桂），专门联系了叶其嘉，渴望与他们再度交流。这种历史的重叠很有意思。

  我们先到容桂文化艺术中心参观叶其嘉的个人展览，随后与他及何婉薇等人一起共进午餐，并相约一起去榕生桥。当年，我拍了不少榕生桥的照片，此桥能代表珠三角水乡的一种独特景象。榕生桥景象依旧，只是周围环境已经完全变了样。珠三角普遍的彩色瓷砖贴面的小洋楼，挤压着这自然生成的古榕树老桥及清澈的小溪，此刻的水乡韵味与以前大不一样了。

  之后，我们出发奔向梧州。

过了封开，我就一直留意粤桂的交界线，因为疫情，现在高速公路上两地之间交界线的用途与以往大不一样，更大的作用类似于一个巨大的关卡检查站。因我行程码上有去过北京的痕迹，尽管已经过去十二三天了，由于最近几天北京疫情吃紧，对北京来的人也高度警惕。真担心过关卡时又像前几天珠海过桂山岛一样，其他人都没事，就我被卡住导致行程结束。幸好，关卡检查站上空荡荡没有人员，汽车很顺利开过去了。

沿着西江，我们进入梧州。夕阳下的西江美景如画，江面上船只繁忙，小渔船在其中穿梭自如。高耸的江岸与天边晕红的云彩相映成趣，构成了一幅美丽的画卷。我们马上停下车来，与黑夜抢时间冲到江岸江边，拍摄了不少镜头，绍飞他们激动异常。我们就在江边的小餐厅里吃江鱼，喝洋酒，好开心。晚上到达酒店后，我们又到梧州的老城闲逛，这里有很多老骑楼，很有本地特色，看得出本地政府对骑楼的保护与修复比较讲究，比汕头的老街区有意思多了。

2021年10月27日
梧州 – 武宣 – 合山

  我们起了个大早,摸黑赶到西江边拍摄江上早晨的景象。在江边,我们见到一位船家,与他亲切交谈,并有机会亲身体验他的船只。船家很年轻,1984年出生,从小就随父亲在江上打渔,他没有读过书,没什么文化。近期,政府不断要求船家们回到岸上生活,带有一定的强制性。他很纠结,现在鱼越来越少,打渔越来越难,而他没什么文化,上岸不知道干什么活,他很疑惑。

  我们在西江边又活动了一番,早餐后上路。第一目标是武宣,当年我们在武宣的古城门前留下了珍贵的照片,也在此画了国画和一些写生油画,我们对古城门的印象很深。今天,我们再访武宣,不知道是否还能找到这座古城门,或者即使找到了,是否全然变样变味了。带着这样的疑问和好奇心,我们在中午1点钟到达了武宣,这里已经发展成一座规模巨大的现代化城镇了。

  导航的路线没有古城门这一位置,我们一时间不知该怎么定位,幸好在地图上看见有

"文庙",那里应该就是老城的所在,我们便往那边找去。这里的文庙应该是重建的,希望通过它能找到古城门。在路上,我们碰到一位上了年纪的老人,向他打听古城门的方向,他跟我们说,这附近原有一个南门,拆掉了,再往前走,还有一个北门,我们可以过去看看是不是我们要找的古城门。我们沿着两边都是新房子的狭窄老城街道走了过去,有些失望之时,忽然发现了前方有一座城门。这座城门虽然被贴上了不少新瓷砖,但还能辨认其原来模样。我们穿过城门,映入眼前的是一大堆破旧房子,转身看城门,是我们念念不忘的古城门,它昔日的风骨依旧。当年,我们就是从此处城外的角度画城门。城门边的老房子,还是当年的模样。我们非常激动。37年,沿途的变与老房的不变相辉映,我们找到了些许当年的感觉。

武宣的古城门依然屹立,虽然城门上多了一些新瓷砖,但是沧桑感依然存在。

在简单吃过饭后,我们离开了武宣,匆匆驾驶了4个多小时的车,希望在合山国家矿山公园关门之前赶到那里。当年的合山大煤矿在多年前就已经停产,如今已转型为矿区公园,一些区域还保留着一些建筑,还有一些旧煤矿坑道及设备等。我们及时赶到,购票入园后,便可自由游览。我们爬进了老厂区坑道,在一处空荡荡而略显压抑沉闷的煤渣空间里,我拿出了当年在合山煤矿写的诗《黑色的笑声》,对着到处是煤渣,空荡又黑乎乎的四壁,轻轻地朗读,声音在四壁回荡着。过往、情境、心绪、影像,不断地在我的脑海滚动,当年,我和矿友们深入到矿井300多米深的工作面。在那里,我们相互问候,展露出雪白的牙齿。晚上,我们在俱乐部的温馨氛围中长谈,青年男女矿工聚在一起无拘无束,大家自在相处与交流的场面,至今仍历历在目,让我难以忘怀。

2021年10月28日
合山-巴马-东兰-天峨

我记得当年的第一次溯源之旅,从巴马开始,路便特别艰难,到处是上坡下坡,有时要翻过好几座山。今天中午时分,我们抵达巴马,发现整个城镇已经失去了当年的风貌,几乎没有什么痕迹留存至今。

其实,当年巴马给我们的印象也不深,李毅

说记得去过一个公园,公园也没什么特点,我们找了过去,也不知是不是。没有太多的纠结,我们直接往东兰出发。

东兰留给我们的印象是那里有一座石桥。我们都画过,也用镜头记录下了它的模样。那座石桥展现出的刚毅气质,让我们至今难以忘怀。我们怀着不确定能否找到古石桥的心理进入了东兰镇。沿着穿城的河岸而行,纵横交错的街道已然一片繁荣的现代城镇景象,沿途也是一座座用钢筋水泥建成的桥梁,正失望之际,在城的最外边,一座石桥赫然出现在我们眼前,正是当年的古石桥。石桥并未贴上瓷砖,因此它保持了那份独特的风骨和风采。厚重而有包浆的巨大石条,横架在湍急的河流上,仿佛是历史的见证者。这条河很可能是珠江上游的红水河,河与古石桥共同勾勒出一幅历史图景。老石桥还是那座老石桥,只不过被挤压在众多林立的水泥加瓷砖的城镇建筑群中,桥底下的水依然如当年那般清冽,长流不止。

从东兰到天峨,当年走的都是极艰难的山路,如今这一带已经建起了国道和省道,虽然并非高速公路,但相较于当年,交通状况已经大大改善了。有可能这些在山里转来转去的国道、省道，很多是由我们当年走过的山路扩建而成，当年骑车，旅途特别艰难，几乎一整天都推着车上坡下坡。今天，可能是因为坐在汽车上的关系，感觉路非常平缓，并不觉得辛苦。

  天黑时我们到达天峨，吃饭后到老市区散步，途中逛了一个巨大的夜市，主要经营项目是日用品的批发，而这里的出租车起步才 3.5 元，这在一定程度上反映了当地的经济状况，日常用品也主要以价格亲民的低端商品为主。

2021 年 10 月 29 日
天峨 - 燕来 - 龙滩水电站 - 望谟 - 册亨 - 安龙

  一大早，我们在雨中到红水河边采集水样。沿途，我们都会在一些重要的地点收取一点水样，至于做什么用，现在我们还没想清楚。

  昨夜开始一直下雨，当年从广西到贵州时，雨就一直相伴相随，今天我们也冒雨出发。走的是群山中的省道，有点难走，有些地方的路很崎岖，找到了一点当年的感觉。好巧，今天走的这一条路，与我当年走的那条颇为相似。一出天峨城，我立马认出这条在峭壁上凿出来的河上公路，就是当年我们走过的那条，我抢拍了一张照片，与当年的照片一对比，果然没错，正是同一处风景。走着走着，一些熟悉的地名路标出现在我们眼前，"燕来""下老""羊里""桑郎""望谟"等。当看到"燕来"路标时，我们马上想起当年在燕来参加过他们的"立房子"盛会，那场面，那情境，历历在目。我们马上沿着路标去寻找当年的燕来乡和那里的木屋。结果，我们看到的是一个水泥构筑的杂乱的乡镇，完全没有一点木楼的影子。通过问询才明白，原先的燕来乡在这几公里外的山沟里，这里是他们搬迁过来后新建的燕来村。在村镇的边上，有一个巨大的露天矿区，不知开采的是什么矿，尘土飞扬，大货车进进出出，有点可怕。

离开燕来后，我们继续前行，沿途遇到了"下老"和"羊里"等路标，这些熟悉的名字让我们倍感亲切。不久后，我们经过了一个水电站——龙滩水电站，虽然规模不算太大，但与之相邻的龙滩天湖（水库）却壮丽非凡，让人叹为观止。

我们在这里停留了一阵，拍了不少照片，绍飞他们也拍了不少镜头。我忽然产生一种想法，原来的燕来乡，会不会因为水库蓄水，已经淹没在水库中，正因为这样，他们才搬迁到新的地方。

曾经郑重其事、充满仪式感的"立房子"，如今或许已沉没在龙滩水电站的水库深处。燕来乡的人们被迫搬迁，建成了一个由水泥和瓷砖堆砌而成的喧嚣新城镇。如果事实如我想象的话，那也是太有趣了，事物总是这样，消失伴随新的诞生。

时间实在是太匆忙了，我们只在望谟的休息区停留了一会儿，便赶向册亨。当年我曾在册亨这个偏远的山区小镇里，在泥泞的雨中马路上偶然发现了一家书店，并在那里买到了一册陀思妥耶夫斯基的《死屋手记》，对此，我印象很深刻。

这次到册亨，我一定要去找一找这家新华书店，也不知它还存不存在。进入册亨，我们发现这里已经成为一座庞大而整洁、现代且漂亮的城市，几十层的居民楼栉比鳞次，城市规划井然有序，马路宽阔平坦，交通流畅无阻。李毅不禁产生了疑问：这样的山区城市有必要建这么宽广的马路吗？

我们来到了老城区，在我模糊的印象中，

当年的新华书店似乎位于城中心的某个街口。令人惊讶的是，我们真的在城中心的街口发现一处新华书店。我们走进书店询问，工作人员告诉我们，这里一直都是书店，只是经营者已经换了好几位，而他刚接手这家书店一年。尽管书店的空间显得杂乱而狭窄，但书的种类却琳琅满目，更令人欣喜的是，书店还特意设置了一处读书角。经营者说，这个实体书店经营还可以，这多少说明，这里的人还是很爱读书的，这与当年我在书店里买到《死屋手记》一样的感觉。真是太巧了，虽然已经过去几十年，一个小书店依然还在，并且我们竟然还找到了它。

晚上我们赶到了安龙。

2021 年 10 月 30 日
安龙－巴结（南盘江）－天生桥水电站－青龙古寨

今天我们从安龙出发，重新探访天生桥水电站。当年这一带道路尚未修好，到处是繁忙的工地，我们非常艰难地来到天生桥这里，只因对这座未来可能成为"亚洲第一"的水电站充满无限的遐想。而今天,我们是在游山玩水悠然的旅行心态中来到这伟大壮观的工程现场。从安龙开车过来,一个半小时可以到南盘江镇(2012年前名为巴结镇)的万峰湖码头,万峰湖是天生桥水电站大坝建成后蓄水而形成的,当年我们到访并住宿过的巴结镇,已经被淹没在水库150米的深处。南盘江镇镇长安排我们乘坐"中国海事"的船只,穿越宽广的湖面,抵达水电站码头。水电站方面特别安排了专车带我们进站区参观,车在大坝上"之"字形的路上行驶,最终抵达了200多米高的大坝,眼前的景象很是壮观。

站在大坝上眺望遐想,深感人的渺小,也颇感人的伟大。记得当年我画过一幅天生桥水电站工地的记忆画,还题了这样的字:"人类与生俱来便有征服一切的渴望与意志。"今天看来,这番言语颇为自大与幼稚,但也说出了一种现实。

李勇在兴义这一带有熟悉的朋友,我问他能否找到一个集市,我们这一路还没赶上集市。他了解之后说,今天是周六,附近的镇上有个集市,我一下子激动起来。当年我们在巴结镇住过,晚上在黑乎乎的木楼上,还聆听过远处布依族姑娘唱的山歌。正好,可以去找找曾经的巴结镇,也可以拍拍集市,特别是牛羊集市。兴义市的一位秘书小张带我们前往。结果发现,原先的巴结镇,现在已经在万峰湖水库的深处,居民搬迁后形成现在的南盘江镇。今天我们去的是一个乡的集市,规模不大,特色也不强,街区建筑也没什么特点。小张表示,他打算带领大家参观位于山上的布依族青龙古寨。这个古寨目前受保护中,并且计划被开发成一个旅游区。听到这个消息,大家都非常高兴。我们对巴结及布依族的印象就是木寨子,到了青龙古寨,我终于找到了当年的感觉。我还发现,当年我画过一张木楼写生作品,就是在这里取的景。

今天的经历真精彩。当年的那个"有"——巴结镇,如今不复存在,被湖水淹没在湖底150米的深处,而那个当年还在图纸规划中的"无"——天生桥水电站,如今变成现实的"有",而它的"有"却将昔日的"有"——巴结镇,彻底吞噬,使其深深地淹没在这天生桥水电站的库区之中。

2021 年 10 月 31 日
安龙 – 罗平 – 师宗 – 陆良 – 沾益

　　昨晚我们重返安龙，回想当年安龙十八学士墓带给我们的震撼，深感有必要再次去感受那段历史的厚重。

　　早上，我们在去十八学士墓的路上发现一个巨大的集市。昨天没赶上的集市，今天忽然撞上了，实属难得。我们冲进集市，眼前是川流不息的大卡车，四处漫步的牛、马、羊、狗。雨后的集市里泥泞满地，牛粪马尿随处可见。一侧，赶集的人们在彩条棚架下享用美食；另一侧，买牛、买狗的人熙熙攘攘，精挑细选。那些母牛与小牛、良种母狗与幼崽的眼神充满不舍。此情此景，让人心生诸多感慨。绍飞他们放了无人机进行拍摄，场面很壮观，也很杂乱。

　　随后我们前往了十八学士墓，当年游历的情境历历在目。如今，这里得到了很好的修缮，但那份历史的悲怆感依旧。历史在忠臣与佞臣、明君与昏君的交织中书写，而人的正气则永恒存在于天地之间。今日，我们在细雨中再次感受这份浩然之气。

中午，我们往云南方向进发，过罗平、师宗、召夸，下午三点多到达陆良，敬谒"爨龙颜碑"。1984年，我们对曲靖附近的大小爨碑知之甚少，且当时这两碑并未对外开放和宣传，因此我们错过了。去年我回到珠江源时，有幸在曲靖一中拜谒了"爨宝子碑"，深受震撼。今日再访"爨龙颜碑"，再度被震撼，"大爨"的雄浑厚重更胜一筹。

我们与昆明的管郁达、肖凡、雅丽，以及曲靖的杨少兵、胡松等朋友相约在此处汇集。随后一起去参观了大觉寺，这是一座建于元代的寺院，它的千佛塔特别少见，故而非常引人注目。塔院在夕阳底下显得格外安静，斜阳照在塔上，金光灿灿，很是神奇。

晚上我们在陆良品尝鸭杂汤，这里盛产鸭子，此时正是制作板鸭的时节，因此有很多鸭头鸭尾，这些食材熬煮在一起，别有一番风味。

晚饭后，我们驱车抵达了沾益，住的是我去年来此地住过的世纪珠源酒店。很晚的时候，李建东兄等人才从昆明赶过来，还邀我们出去喝酒，我感觉有些累，婉辞了。老马他们一起出去喝了，不知喝到几点。

2021年11月1日
沾益－马雄山珠江源

今天我们终于抵达珠江源头。去年我曾到访此地，因此对这里的现状也有所了解。当年，我们披荆斩棘，几度迷路，幸得曲靖水务局的向导和北京吉普的帮助，才找到珠江源的大过洞。如今，此地一派公园的景象，管理有序，道路整洁，电瓶车穿梭其中。

在大过洞附近，我们放了无人机进行拍摄。奇怪的是，无人机一靠近洞口就无法控制，试了好多次都一样，真是怪事，也许洞里有特别的磁场。我在珠江源取了一瓶水样带回，去年来这里时，我采集了不少珠江源的植物标本带回北京，创作了那批《珠江源植物图志》系列作品。这次我带回了再次溯源这一路上采集到的珠江水样，准备回去后看看能否创作新的作品。

大家乘坐电瓶车到达马雄山的高处，随后徒步攀登至山顶的三江亭，尽赏"一水滴三江"（珠江源的水分三股，分别流向南盘江、北盘江和牛栏江）的壮阔景色。

我们与来自昆明、曲靖的朋友们共10多人，在源头处的小餐店共享午餐，庆祝这次再溯珠江源计划告一段落。随后，我们一起到这里的古化石研究所参观。这一带原为海底，古生物特别多，尤其是鱼类进化的重要阶段，均在此留下化石记录。面对这些化石，真有面对悠悠历史的感觉，这都是形成于4亿年前的东西！

下午3点左右我们下山，前往了位于珠江源附近播乐乡的一家矿泉水厂，与他们探讨如何支持及改装这来自珠江源头矿泉水的事宜，我希望在广州展览时，能呈现出这源头之水汇入珠江出海口的壮观景象，至于作品怎么做，目前我还没想清楚。他们答应支持一万瓶甚至更多的水，可以按我的展览需求来考虑，而我则帮他们改进品牌与包装设计。这家水厂的规模不是很大，有些简陋，有很多需要提升改进的地方。

明天，我们就准备启程返回了，约1200多公里，大约需要连续开车两天。晚上大聚会，大家喝得很痛快，之后，他们意犹未尽，胡群山又招呼大家继续喝，我和李毅没有去，回酒店房间喝茶聊天休息。我们已有超过30年的友情，一直相互关注、珍惜，虽然各自的人生道路绕过几次弯，各不相同，但深厚的情谊一直都在，我们可以敞开心扉畅所欲言，今晚我们也聊了不少。

2021年11月2日
沾益–曲靖–南宁

今天就要返程，原定的路程还是比较长，但大家意犹未尽，商量着一定要去曲靖看看"爨宝子碑"。我们一大早就整理好行装，先直奔"小爨"，本来昆明来的朋友都要一起去看碑，但昨晚喝太多了，几乎都起不来，只有李建东来了，他这个"大酒王"还是很有节制。

去年九月我来谒"小爨"，当时深感震撼。"小爨"的结体很张扬自由，很精神，很有力量，碑身也保存得挺好，光线照射恰到好处，令人难以忘怀。但前天看了"大爨"，相比之下，我更喜欢"大爨"的厚实大气。这两碑都有其独特之点，都是国之瑰宝，艺术珍品。这次得见两碑，我心满意足了。

再次启程，我们于晚上8点左右到达南宁住处，稍作休息后，广西师范大学出版社通电要我与大家测试下11月6日线上举行《父亲的速写本 王兰若》新书分享会的设备等，折腾了一阵，他们告知需要使用Zoom（一款多人手机云视频会议软件），但我对这个软件不太熟悉。

　　折腾完，大家开始吃饭，南宁的蚝很不错，我们吃了好几种，大家都吃得很开心。晚饭后，大家回到房间喝茶，对这一次的旅程都觉得很满意，收获颇丰。确实，旅途中有太多意想不到的事情发生，收获满满。

　　明天就到家了。

2021年11月3日

　　今天行程不太紧，还是比较悠闲的。本来还想在南宁逛一逛，但考虑到可能会花费较多时间，还是决定继续前行。广西的道路比较窄，限速也较多，车速一般维持在100公里／小时左右。然而，一进入广东地界，道路马上宽敞多了，车速也能提升至120到140公里／小时，感觉非常畅快。预计下午5点左右就能抵达紫云山庄的家了。

我们"再溯源"行动画上了圆满的句号。这次收获颇丰,更有许多意想不到的发现。

后记

　　平时总会随手记点什么，写点什么，或回想起什么，感受到什么，就会将它们记录下来。在自己有点空暇、有点心情时，可以翻翻看看，唤回一点对岁月和生命过程的记忆或怀想。这样的随笔往往是写给自己看的，因此，也就写得很"自我"。而在这样的"自我"中，时间、记忆、曾经、人与事等等，也多多少少带上了点诗意，在有意无意中留存在淡淡的文字间，也产生于时不时的重读、追忆、遐想等的情绪波动中,这都是属于自己的。

虽然,这是写给自己无聊时看的,虽然,这种写给自己看的东西本来也没有什么微言大义,不过,有时候自己看着看着,忽然也有与他人交流交流的想法。毕竟,人生是一个过程,人也是处于社会之中的,在这样的过程与社会关系中,总有一些希望彼此可以阅读的可能性,阅读人生,读自己,也读别人。

在这样的过程中,我有时会很惊讶地发现,一直保存着的自我生命记忆与经验,当时隔多年,翻读曾经的随笔文字时,会感到好像与自己原有的记忆经验不太一致,不是多了一些细节,就是少了一些情态,我甚至有些恍惚,不敢确认,是我的一直的记忆经验更接近真实人生,还是在这过程中及时记下来的随笔随感文字更接近真实人生。在阅读这样的随笔文字时,我仿佛进入了另一个平行的人生状态与情境。其实,我也想,我当年随笔记下来的这些人生状态与情境,有可能是"实录"或"真实"的吗?人的感知,也包括对感知的记述总会突出其最强烈、印象最深的东西,而无意或有意忽略或回避那些自己认为不重要的，或没有必要提到的，结果，这样的随笔文本也便以另一种可能的"平行""真实"被留了下来，也不断地在一次次的重读中建构为一种曾经的"事实"。

无论是重读，或是重构；无论是希望找回曾经的"真实"，或是对曾经的人生过程的真实性有种种不同阶段的质疑与遐想，这样的出发点与过程，这样的心态与点点滴滴的心绪，也许构成的是一种可以被称为"诗意"的东西。"诗意"是存在于一个不断追寻、找回、重构、质疑与遐想的过程中的。

因此，重读、追忆、探问，与当年的写作、随记、随感，再与随笔中的人生过程及真实等之间，便有了一层层的平行记忆经验，也有了一层层的平行的诗意。

这小小的随笔选，就被赋予了《自我的平行诗意》这样的题目与意蕴。

2023 年 5 月 1 日于广州

图 24　儿子画的老爸在看报
爸爸在读报
王尔
二〇〇四年七月十日

王璜生

一九五六年出生于中国南方小城汕头市,家学中国画,也学古典文学、古代画论等。由于『文革』,在故乡度过了难忘的少年时期;后回城开始了在多个机械厂工作的经历,并屡屡高考受挫。再后来有幸到了南京艺术学院读书,得了硕士、博士学位。曾在美术出版社、画院履职,一九九六年入了当年没人想去的美术馆这一行业,在广东美术馆、中央美术学院美术馆、广州美术学院美术馆一干就是近三十个年头,从副馆长到馆长,再到总馆长,希望中国的美术馆能够逐渐变得像『美术馆』一些。创办及策划了『广州三年展』『CAFAM双年展』等。法国与意大利政府给予了『骑士勋章』,大概是在鼓励这个美术馆界的『堂吉诃德』。出版有《作为知识生产的美术馆》《新美术馆:观念、策略与实操》等论著。梦想成为艺术家,一直初心未改,在国内做过个展、出版过艺术专集,作品也为英国大英博物馆、意大利乌菲齐美术馆、中国美术馆等国内外公共机构收藏。

自我的平行诗意
ZIWO DE PINGXING SHIYI

出版统筹：张　明
责任编辑：张文雯
设计指导：曹　群（北京看好艺术设计）
书籍设计：赵　格（北京看好艺术设计）
责任技编：伍先林

图书在版编目（CIP）数据

自我的平行诗意 / 王璜生著. -- 桂林：广西师范大学出版社，2024.12. -- （王璜生随笔）. -- ISBN 978-7-5598-7443-6

Ⅰ. I267.1

中国国家版本馆 CIP 数据核字第 2024F3R323 号

广西师范大学出版社出版发行
（广西桂林市五里店路 9 号　邮政编码：541004）
　网址：http://www.bbtpress.com
出版人：黄轩庄
全国新华书店经销
广西昭泰子隆彩印有限责任公司印刷
（南宁市友爱南路 39 号　邮政编码：530001）
开本：880 mm × 1 230 mm　1/32
印张：11　　　　字数：170 千
2024 年 12 月第 1 版　2024 年 12 月第 1 次印刷
定价：89.00 元

如发现印装质量问题，影响阅读，请与出版社发行部门联系调换。